Daniel Izquierdo-Hänni

GEFÄHRLICHES WASSER

Daniel Izquierdo-Hänni

GEFÄHRLICHES WASSER

Alapont ermittelt in Valencia

GMEINER

Immer informiert

Spannung pur – mit unserem Newsletter informieren wir Sie
regelmäßig über Wissenswertes aus unserer Bücherwelt.

Gefällt mir!

Facebook: @Gmeiner.Verlag
Instagram: @gmeinerverlag

Besuchen Sie uns im Internet:
www.gmeiner-verlag.de

© 2025 – Gmeiner-Verlag GmbH
Im Ehnried 5, 88605 Meßkirch
Telefon 07575 / 2095 - 0
info@gmeiner-verlag.de
Alle Rechte vorbehalten
1. Auflage 2025

Lektorat: Claudia Senghaas, Kirchardt
Satz: Mirjam Hecht
Umschlaggestaltung: U.O.R.G. Lutz Eberle, Stuttgart
unter Verwendung eines Fotos von: © Gentian Polovina / stock.adobe.com
Druck: GGP Media GmbH, Pößneck
Printed in Germany
ISBN 978-3-8392-0830-4

PERSÖNLICHES VORWORT

Im Prolog des vorliegenden Alapont-Krimis beschreibe ich die große Flut, die im Jahre 1957 Valencia heimsuchte. Ein Ereignis, das ich von Erzählungen meiner Familie kenne, über welches ich recherchiert und für dieses Buch in Worte gefasst habe. »Gefährliches Wasser« ist ganz klar eine Fiktion, basiert allerdings auf einem historischen Geschehnis. Ein Geschehnis, das sich dieser Tage auf allerschrecklichste Weise wiederholt hat. Denn vor ein paar Tagen, es war der Dienstag, 29. Oktober 2024, wälzte sich eine Flutwelle aus Wasser und Schlamm, vom hügeligen Hinterland runterstürzend, durch die Vororte am südlichen Rand meiner Heimatstadt und brachte Tod und Verwüstung über die Bevölkerung. Die Bilder von Pkws, die wie Spielzeug zu Schrottbergen zusammengeschoben wurden, gingen um die ganze Welt. Und ohne den Kanal des Turia-Flusses, über welchen ich in diesem Roman ebenfalls schreibe, wäre die Katastrophe noch verheerender gewesen.

Obwohl dieses Buch bereit war, in den Druck zu gehen, hat es mir der Gmeiner Verlag ermöglicht, diese Zeilen hinzuzufügen. Und so möchte ich meinen dritten Alapont-Krimi all den Opfern dieser Katastrophe widmen sowie den Freiwilligen, die zu Tausenden in die betroffenen Gebiete aufgebrochen sind, um zu helfen, wo und wie sie konnten. Eine Solidarität, die mich zu Tränen gerührt hat und an das Gute im Menschen glauben lässt.

Daniel Izquierdo-Hänni
Valencia, November 2024

- PROLOG -

Den ganzen Sonntag schon versammeln sich die Einwohner Valencias am Ufer des Río Turia, der in einem weiten Bogen durch ihre Stadt fließt, um nur ein paar Kilometer weiter im Mittelmeer zu münden. Die einen sind nach dem Kirchgang in der nahe gelegenen Kathedrale hergekommen, für die anderen ist es das Ziel des vormittäglichen Familienspaziergangs. Mit einer Mischung aus Neugierde, Entsetzen und Sorge bestaunen die Menschen die braunschlammigen Wassermassen, welche allerlei Schwemmgut mit sich gerissen haben – entwurzelte Orangenbäume, landwirtschaftliche Gerätschaften, verendete Tiere. Selbst die ältesten unter den Schaulustigen können sich nicht daran erinnern, jemals solch eine Flut gesehen zu haben, ist der Turia-Fluss normalerweise ein hüfttiefer, träge fließender Strom, an dessen Ufer Ziegen weiden und Kinder spielen. Doch an diesem Oktobermorgen hat das Wasser längst den üblichen Pegel überschritten und füllt das weite Bett in voller Breite. In seinem Frühbulletin informierte der staatliche Rundfunk von Überschwemmungen im Landesinnern, und auch die Morgenausgabe der

Las Provincias berichtete von den heftigen Regenfällen im Hinterland sowie der Gefahr, die dadurch der Stadt Valencia drohe. Die Einwohner hingegen nehmen es gelassen, schließlich ist bis jetzt kein einziger Tropfen gefallen, und mag der Pegelstand noch so hoch sein, die Mauern und Schutzdämme, die den Río Turia um das Stadtzentrum herum begleiten, sind höher. Und so ist der 13. Oktober 1957 ein ganz normaler Tag des Herrn, wolkenverhangen zwar, was allerdings für diese Jahreszeit nichts Außergewöhnliches ist. Die Menschen haben zu Abend gegessen und sind dabei, ins Bett zu gehen, als es anfängt zu regnen und es nur ein wenig später wie aus Eimern schüttet. Nach und nach gehen in den Wohnungen die Lichter aus, schließlich muss man am Montag früh raus. Und dann geschieht es! Kurz nach 1 Uhr tritt der Fluss über die Ufer und sucht sich mit unbändiger Kraft seinen Weg in die Stadt. In kürzester Zeit setzt die trübe Flutwelle unzählige Gassen, Straßen und Plätze unter Wasser und überschwemmt die Weiler und Ackerböden des nahen Umlandes. Die Trinkwasserleitungen bersten, der Strom fällt aus. Erst als der neue Tag anbricht, wird das Ausmaß der Katastrophe sichtbar: Bis auf den höchstgelegenen Punkt der Stadt rund um die Kathedrale steht die braune Brühe überall, mal knöcheltief, mal meterhoch.

Kein Auge zugetan in jener Nacht hat Francisco Colóm in Pinedo, einem kleinen Bauerndorf etwas außerhalb der großen Stadt. Schon den ganzen Sonntag hat er besorgt zu den dunklen Wolken hochgeschaut, die tief hängend vom Meer her über ihn hinweggefegt sind. Regen ist gut, nach einem heißen, trockenen Sommer hofft der Gemüsebauer auf Niederschläge, doch das, was er aus dem Rundfunk vernimmt, bestätigt sein ungutes Gefühl. Denn zu viel Niederschlag ist schlecht! Sehr schlecht sogar! Vorsorglich hat er bereits am Nachmittag damit begonnen, zusammen mit seiner Frau und den beiden Buben die Lebensmittel aus der Vorratskammer und der Küche in das obere Stockwerk hochzutragen, und als nach Mitternacht die ersten dicken Tropfen vom Himmel fallen, holt er auch seine zwei Ziegen aus dem Stall und stapft mit diesen die Treppe hoch. Dort sollten sie alle in Sicherheit sein.

Als Francisco nach zwei Tagen bangen Wartens endlich wieder nach unten gehen und ins Freie treten kann, erkennt er erst das volle Ausmaß des Unheils. Sämtliches Hab und Gut, das sie in ihrem Haus und in ihrer Scheune gehabt haben, ist vernichtet – weggeschwemmt, vom Wasser aufgedunsen oder von einer dicken Schlammschicht bedeckt. Und auch draußen auf den Feldern zeigt sich ein Bild der Zerstörung: Wo er bis vor ein paar Tagen Melonen, Artischocken und Zwiebel angebaut hat, findet er nur noch Sumpf, Schmutz und Schlick. Francisco Colóm, ein gestandener Mann, bricht jetzt, wo ihn weder seine Kinder noch seine Frau sehen können, in bittere Tränen aus. »*¡Díos mío!* Oh mein Gott! Wie soll es weitergehen?«

Reis und Nudeln in Zehn-Kilo-Säcken, Oliven in Kon-
servenbüchsen so groß wie Farbeimer und Nutella in
jenen großen Gläsern, bei denen seine Enkel ausflippen,
wenn er diese in die Crêperie bei sich im Dorf einlädt.
Staunend, wie es wohl auch seine Kindeskinder machen
würden, schlendert Pedro durch die langen, meterhohen
Regale des Großmarktes. Noch nie hat er einen solchen
betreten, muss man hierfür als Kunde aus der Hotellerie
oder der Gastrobranche registriert sein und eine Zutritts-
karte besitzen. Lange hatte er überlegt, was er als Nächs-
tes unternehmen soll, um es den Arschlöchern bei sich im
Ort zu zeigen. Dann kam ihm die zündende Idee. Doch
wo soll er das Material besorgen, dass er hierfür braucht?
Bei sich in der Landwirtschaftsgenossenschaft oder im
Supermarkt konnte er das Zeugs nicht kaufen, also hat
er sich bei seinem Schwiegersohn, der ein Café betreibt,
dessen Kundenkarte für den *Makro-Markt* ausgeliehen.
Und jetzt steht er da, schaut sich die riesigen Kochtöpfe,
die Magnumflaschen Rotwein und die bunten Popcorn-
Schachteln im Hunderterpack an. Endlich findet er den

Gang mit den Reinigungsprodukten, genau so was hat er gesucht. Waschmittel in Fünf-Liter-Plastikflaschen und in Zehn-Kilo-Säcken. Beim Anblick dieser erinnert er sich an die runden Kartontrommeln mit Seifenpulver aus seiner Kindheit. Warum gibt es diese heute nicht mehr, wo doch alle von Umweltschutz und Mikroplastik in den Weltmeeren sprechen? Zu reden geben, so hofft Pedro, wird seine nächste Strafaktion. Er ist zwar bereits 70, doch als einer, der sein Leben lang zugepackt hat, wuchtet er die schweren Säcke problemlos auf den riesigen Einkaufswagen. Acht, neun, zehn – das sollte reichen. Oder wäre Flüssigseife besser? Bedächtig kratzt er sich am Kinn. »¡No!«, murmelt er, nachdem er sein Vorhaben nochmals durch den Kopf hat gehen lassen. Das Seifenpulver eignet sich für seinen Plan besser. An der Kasse angelangt, weist er die Kundenkarte vor, die zusammen mit der Ware gescannt wird. Auf die Frage, ob Kreditkarte oder in bar, legt er den entsprechenden Betrag in Euroscheinen auf das Förderband. Auch heute noch werden in der Landwirtschaft die meisten Geschäfte per Handschlag abgeschlossen, ganz ohne Verträge und Quittungen. Richtiges Geld, 50er- und 100er-Noten, sind hierfür besser als Schecks und Banküberweisungen. Einmal draußen, schiebt Pedro den schweren Trolley bis zu seinem Renault Kangoo, öffnet die beiden Hecktüren und lädt die Säcke mit dem Waschmittel zu all den anderen Dingen, die ein Orangen- und Gemüsebauer wie er immer in seinem Wagen mit dabeihat. Gerätschaften für die Feldarbeit, Unkrautmittel, das man immer gebrauchen kann, und Klamotten zum Umziehen.

»Wohin gehst du noch so spät?« Pedros Gattin wundert sich, weshalb ihr Mann nach dem Abendessen nochmals die schweren Schuhe anzieht und zum Autoschlüssel greift.

»Ich glaube, ich habe den Geräteschuppen der oberen Plantage nicht abgeschlossen.« Das ist zwar gelogen, aber seine Frau wird es ihm schon abnehmen.

Pedro tritt aus seinem Haus und schaut sich um – niemand zu sehen. Also steigt er in seinen Wagen und verlässt das Dorf über die Hauptstraße, die um diese Uhrzeit ebenso menschenleer ist. Kurz danach biegt er auf einen Feldweg ab, löscht die Scheinwerfer, lässt die Fenster runter und schaltet den Motor aus. Da immer wieder ganze Orangenernten geklaut worden sind, führt die *Guardia Civil* nachts Kontrollfahrten durch die Plantagen durch. Pedro horcht in die Nacht hinein. Nichts zu hören und dank des fahlen Lichts des Halbmondes auch nichts Ungewöhnliches zu sehen. Er startet erneut seinen Wagen und folgt, ohne die Lichter anzuzünden, dem Bewässerungskanal, der sich durch die Landschaft windet. Als er die erste Schleuse erreicht, über welche das kostbare Nass auf die Pflanzungen abgelassen wird, steigt Pedro aus, öffnet das Heck des Wagens, holt zwei Säcke mit Waschmittel heraus, reißt die Klebeetiketten ab und schneidet mit seinem Sackmesser kleine Löcher rein. Dann lässt er diese ins stehende, etwas über ein Meter tiefe Wasser am Fuß des Wehrs fallen. Sobald dieses morgen geöffnet wird, wird die Strömung das Seifenpulver auf die Felder schwemmen.

Hämisch grinst Pedro und fährt zur nächsten Schleuse, wo er das Vorgehen wiederholt. Er tut dies so lange, bis alle

zehn Säcke verteilt und versenkt sind. Schließlich haben
es diese Arschlöcher nicht anders verdient!

- 2 -

An manchen Tagen läuft das Geschäft wie geschmiert, dann fährt Vicente Alapont mit seinem Taxi kreuz und quer durch seine Heimatstadt und hat kaum Leerfahrten. Steigt einer aus, winkt ihm bereits der Nächste zu. Heute hingegen herrscht Flaute, gerade mal drei Gäste hat er bisher befördert, und alle auf kurzen Strecken. Weshalb dies so ist, hat er in den wenigen Jahren, in denen er als Quer- und Späteinsteiger diesen Job ausübt, nicht herausfinden können. Ist es das Wetter? Reiner Zufall? Oder das Karma? Sorgen bereitet ihm dieses Auf und Ab in der Fahrtenkasse nicht wirklich, schließlich muss man das Leben nehmen, wie es kommt. Mal regnet es, mal scheint die Sonne, mal verdient er mehr, mal weniger, alles okay und zweifelsohne besser als der Dauerstress, den er in seinem früheren Beruf gehabt hat. Langsam, immer nach Passagieren am Straßenrand Ausschau haltend, rollt er die Avenida de Blasco Ibáñez mit ihren riesigen Schatten spendenden Platanen und dem weiten Grünstreifen in der Mitte entlang. Er mag diese breite Allee, fließt hier doch der Verkehr gemächlicher als im Zentrum der Stadt. Alle vier Fenster runtergelassen, genießt er die frühsommerlichen Temperaturen, bald, spätestens Mitte Juni, wird er nur noch mit der Klimaanlage unterwegs sein können. Langsam meldet sich sein Magen mit einem leichten Knurren. Es ist knapp 12 Uhr, höchste Zeit für ein *almuerzo*. Da er, wie die meisten seiner Landsleute, statt zu frühstücken nur gerade mal einen Kaffee zu sich nimmt, bevor er das Haus verlässt, hat er Hunger. Doch wo will er Pause machen, wo soll er einkehren? In der Taxifahrerkneipe neben dem Bahnhof? Oder in der Taverne gegenüber der Polizeizentrale? Nein, weder noch. Vielmehr hätte er Lust, den Frühlingstag zu genießen und sich die Beine zu vertreten, also fährt er zum *Jardín del Turia* und stellt dort seinen Wagen ab. »Habe ich dir schon mal von der großen Flut erzählt, welche unsere ganze Stadt unter Wasser gesetzt hat?« Immer, wenn Alapont in den schmalen, dafür kilometerlangen Stadtpark hinuntersteigt, erinnert er sich an seine Großmutter. Wie oft hat sie ihm von jener verheerenden Oktobernacht im Jahre 1957 erzählt? Eine Katastrophe, die sich tief ins kollektive Bewusstsein ihrer Generation eingebrannt hat, eine Überschwemmung, die Valencia bis heute prägt. Alapont bleibt stehen, schließt die Augen und versucht, das faltige Gesicht seiner *abuela* wieder aufleben zu lassen. Hätte sich die gute Frau vorstellen können, was aus dem Río Turia geworden ist? Nämlich ein riesiger Grünstreifen, auf welchem Kinder spielen, Jogger schwitzen und Studenten die Uni schwänzen. Gemütlich schlendert er zu einer Gartenwirtschaft, in der er ein Weilchen nicht mehr gewesen ist. Zu lange, denkt er sich, als ein paar Touristen auf Leihrädern ihn beinahe umfahren. Wie so oft sind diese mitten auf dem Fußweg unterwegs, statt den separaten Radstreifen zu nutzen. Weshalb bloß verlieren die ausländischen Besucher ihre Manieren, wenn sie in Spanien Urlaub machen? Aber Alapont hat keine Lust, sich zu ärgern. Gerade als einer, der sich tagtäglich mit seinem Wagen den Weg durch den chaotischen Verkehr sucht, hat er gelernt, die Ruhe zu bewahren. Hektik, Stress und Ärger, davon hatte er in seinem früheren Job schon genug. Statt an einem der Tische im Schatten Platz zu nehmen, stellt er sich an den Tresen, sitzen tut er im Taxi genug.

»*Buenos días,* Alapont, ich dachte, der Erdboden hätte dich verschluckt.« Die junge Frau hinter der Theke lächelt zu ihm rüber, sie ist dabei, ein Bier zu zapfen. In Spanien ist es üblich, sich gleich bei der ersten Begegnung mit Vornamen und Du anzusprechen, Vicente nennen ihn allerdings nur seine Familie sowie ein paar enge Freunde. Alle anderen rufen ihn schon seit der Schule bei seinem Nachnamen. Valencia besitzt mit San Vicente Mártir und San Vicente Ferrer gleich zwei Schutzpatrone, der erste lebte im dritten Jahrhundert, der zweite im 14. respektive 15. Vinzenz ist daher ein überaus beliebter und weitverbreiteter Bubenname.

»Was darf ich dir bringen?«

Alapont überlegt kurz. »*Una clara, por favor.*«

»Und was magst du essen?«

Hier braucht er nicht lange nachzudenken. »Wie wär's mit einem *bocadillo de calamares?*«

»Selbstverständlich. Kommt gleich!«

Nachdem er einen langen Schluck seines Radlers genossen hat, greift er zur Tageszeitung, die halb zerfleddert auf dem Tresen liegt, und überfliegt die Schlagzeilen. In Madrid streiten sich die Parlamentarier wie kleine Kinder, hier in der Stadt wird ein verurteilter, jedoch politisch bestens vernetzter Geschäftsmann frühzeitig aus der Haft entlassen, und der *F. C. Valencia* hat, ebenfalls einmal mehr, hochkant ein Spiel verloren. Wie heißt es doch? Nichts Neues unter der Sonne!

Alaponts volle Aufmerksamkeit erhält hingegen das Brot, welches die Kellnerin vor ihn stellt. Was für eine Augenweide! Was für ein Duft! Die Weißbrot-Baguette ist ofenwarm, die dazwischen gelegten Calamares-Stückchen sind leicht kross angebraten, und die darübergeträufelte Soße aus Olivenöl, Knoblauch und Petersilie ist hausgemacht. Vorsichtig, um sich nicht zu bekleckern, beißt er mit geschlossenen Augen in das Sandwich: Gibt es was Besseres als spanische Hausmannskost wie diese? Alles andere als light, dafür umso schmackhafter!

- 3 -

»Na, hat's geschmeckt?«

»Gibt es einen besseren Beweis?« Alapont nickt und zeigt auf einen kleinen dunklen Fleck auf seinem Poloshirt. »Da schau! Eine Hommage an deinen Calamares-Dipp.« Er hat sich tatsächlich bekleckert.

»*¡Dios mío!* Um Himmels willen.« Anstatt sich über das Lob zu freuen, erschrickt die Bedienung, greift zu einem feuchten Tuch und lehnt sich über die Theke. »Das bekommen wir gleich wieder weg.« Sie versucht, den Flecken wegzureiben, als ihr bewusst wird, dass sie überreagiert hat. »Verzeihung, die Macht der Gewohnheit, wenn man einen Vierjährigen zu Hause hat.«

»*¡Sin problema!*« So viel Zutrauen schmeichelt Alapont. »Kein Problem! Ich habe für solche Fälle Ersatzwäsche in meinem Wagen.«

Der jungen Frau ist es peinlich. »Magst du einen *cortado*? Oder lieber einen *carajillo*? Geht aufs Haus.«

»Danke, ein Espresso mit Milch reicht. Für den Schuss Brandy ist es zu früh … Ich bin im Dienst!« Kaum hat er dies gesagt, wundert sich Alapont über seine eigenen Worte.

Schließlich ist er kein Beamter. Jedenfalls nicht mehr, ist er doch sein Leben lang Polizist gewesen, zuletzt als Inspektor bei der Mordkommission. Irgendwann hatte er genug von Mord, Totschlag und den nie endenden Überstunden, sodass er seinen Job bei der *Policía Nacional* an den Nagel gehängt hat. Seither fährt er Taxi, kann als eigener Chef über seine Arbeitszeiten entscheiden, hat mit ganz normalen Menschen zu tun. So wie diese, die er vor sich hat.

Alapont nippt an seinem Kaffee und lässt seinen Blick schweifen. Drei ältere Damen sitzen bei Wermut mit Eis zusammen, ein vielleicht 30-jähriger Mann ist in ein Buch vertieft, und eine Touristengruppe schiebt laut lachend zwei Tische zusammen, damit alle Platz haben. Ganz normale Menschen … Wie jene, die er vor sich hat. Alapont glaubt an das Gute im Menschen. Und dies, obwohl ihn die Jahre bei der Polizei gelehrt haben, dass in vielen auch Böses schlummern kann.

»Na, alles okay?« Die Kellnerin, die soeben eine Bestellung aufgenommen hat, stellt sich neben ihn. »Meinst du, das Ganze wird was bringen?«

Alapont schaut sie verwirrt an. Wovon spricht sie?

»Ich meine den internationalen Kongress da.« Sie zeigt auf die Titelseite der Tageszeitung. »Zum Thema Wasser. Ausgerechnet bei uns, hier in Valencia …«

»Wenn nicht hier, wo denn sonst?« Wasser ist in Valencia ein Kulturgut, ein Erbe der Mauren, die mit ihrem Wissen um Schöpfräder und Kanäle aus der Region eine fruchtbare Oase gemacht haben. Sein Blick bleibt am Opernhaus haften, das etwas weiter vorne in den Himmel ragt und welches das Treffen des *World Water Council* beherbergen wird. Als Valenciano hat er ein gespaltenes Verhältnis zum Festspielhaus, dessen Bau Millionen an Steuergeldern verschlungen hat. Als Taxifahrer muss er zugeben, dass der dazugehörende Architekturkomplex der *Ciudad de las Artes y las Ciencias,* der Stadt der Künste und der Wissenschaften, mit ihren Museen und dem Aquarium jährlich Zehntausende Besucher anzieht und so Geld in seine Fahrtenkasse spült.

Fahrtenkasse. Das ist das Stichwort! Alapont schaut auf die Uhr, legt einen Zehneuroschein hin und macht sich auf den Weg zurück zu seinem Wagen. Höchste Zeit, sich wieder in sein Taxi zu setzen und ein paar Euro zu verdienen.

- 4 -

»Alapont, kannst du herkommen? Ich brauche deine Hilfe.« Luisa Suárez klang aufgebracht, als sie vor einer halben Stunde anrief. Und sie schien es eilig zu haben. »Gleich?«

»Was ist denn los?«

»Ach, das erzähle ich dir, wenn du da bist.«

»*¡De acuerdo!*« Eigentlich wollte Alapont an diesem Vormittag ja noch etwas in die Fahrtenkasse reinholen, doch er kennt Luisa gut genug, um herauszuhören, dass sie echte Sorgen hat. »Einverstanden!« Als Ehefrau des Sohnes eines Cousins gehört die 37-Jährige zum erweiterten Familienkreis der Alaponts und ist somit Teil der Sippschaft. Zudem ist sie *Sargento* bei der Lokalpolizei von *Masanasa,* einem Vorort von Valencia. »Schick mir die GPS-Daten.«

Den Anweisungen des Navigators folgend, fährt Alapont auf einen holprigen Feldweg zwischen Orangenplantagen und Gemüsefeldern. Mist, sein Hybrid-Toyota ist alles andere als ein Offroader, also rollt er im Schritttempo weiter und versucht, die größten Schlaglöcher zu umfahren. Als er zum vereinbarten Treffpunkt kommt, erkennt er die Anruferin, die zusammen mit einem Dienstkollegen und zwei Landwirten zusammensteht. Die Diskussion, so erkennt er an den roten Köpfen und dem wilden Händefuchteln der beiden Männer, muss ziemlich heftig sein. Alapont stellt sein Taxi neben den Streifenwagen, einen Traktor und einen alten, verdreckten Jeep.

Luisas Miene erhellt sich, als sie Alapont sieht. In langen Schritten kommt sie auf ihn zu und begrüßt ihn mit zwei Wangenküssen. »*Tío Vicente, gracias,* dass du gleich hergekommen bist.«

Alapont ist, will man den Ahnenforschern Glauben schenken, genau genommen nicht wirklich ihr Onkel, doch in Spanien sieht man dies etwas entspannter. Weiterverwandte sind allesamt einfach Cousinen und Cousins, Onkel und Tanten. *Primos* und *primas, tíos* und *tías.*

»Seit Wochen treibt hier einer sein Unwesen! Orangenbäume sind umgelegt worden, zwei Geräteschuppen sind in Flammen aufgegangen und in der vergangenen Woche wurden die Hebevorrichtungen von zwei Wehren beschädigt. Und jetzt das!« Sie blickt auf die anderen, die entgeistert zu Luisa und dem Taxifahrer rüberschauen. »Der Bürgermeister macht uns die Hölle heiß, aber bei unserem Unterbestand …«

Alapont weiß bestens, was es heißt, wenn der Staat spart und lieber zu wenig als zu viele Polizeibeamte auf der Lohnliste hat.

»Komm, ich stelle dich den Männern vor.« Luisa möchte Onkel Vicente schon bei der Hand nehmen, doch handelt es sich nicht um ein Familientreffen, sondern um einen Polizeieinsatz. »Leute, dies ist der Privatdetektiv, von welchem ich euch soeben erzählt habe.« Die Anwesenden schauen verwirrt zwischen dem Neuankömmling und dessen Wagen hin und her. »Lasst euch nicht täuschen. Er ist der beste Ermittler, den die *Policía Nacional* in Valencia je gehabt hat.«

Mit Kopfnicken, »*Hola*« und »*Buenos días*« wird Alapont begrüßt. Wenn die *Sargento* den Taxifahrer als einen solchen vorstellt, wird dem wohl auch so sein.

»*¿Qué pasa?*« Alapont verwendet diese Frage, um zu grüßen und gleichzeitig zu erfahren, was abgeht.

»Da, schauen Sie selbst!«, sagt einer der beiden Bauern und zeigt auf das Feld mit Artischocken hinter ihm. »Sehr gut möglich, dass die ganze Ernte vernichtet ist!«

Der zweite, ältere Landwirt steht wortlos daneben und mustert den Ermittler aus der Stadt skeptisch.

Jetzt erst fällt Alapont auf, dass im Bewässerungskanal Schaumkronen schwimmen, weiße, leichte Wolken, wie sie zu Hause bei einem schönen Vollbad entstehen. »Was ist denn hier geschehen?«

»Da hat sich einer vom Lausbubenstreich auf der *Plaza de la Virgen* inspirieren lassen.« Luisas Kollege, ein junger, schmächtiger Polizeibeamter, erinnert an ein Ereignis vor etwa zwei Monaten, als Unbekannte Seifenlauge in den Springbrunnen im Herzen Valencias geschüttet haben. Das Bild der meterhohen Schaumkrone war in allen Zeitungen zu sehen.

»Aber das hier ist kein Jux! Das kann man nicht einfach so säubern!« Der Jüngere der beiden Männer ist stinkesauer, schließlich geht es um seinen Lebensunterhalt. »Und die *Guardia Civil* unternimmt nichts!«

»Die Kollegen können nicht überall sein, schon genug, dass sie nachts Patrouillenfahrten unternehmen!« Wachtmeisterin Suárez antwortet gereizt, gehört sie zwar nicht zur selben Polizeieinheit, trotzdem sind sie Verbündete im Kampf gegen das Verbrechen.

»Da! Mehrere davon haben wir hier und weiter aus dem Wasser gefischt.« Der junge Lokalpolizist streckt Alapont einen weißen Plastiksack entgegen, den er aus dem Streifenwagen geholt hat. »Im Kofferraum habe ich den Rest! Soll ich sie Ihnen bringen und in den Kofferraum Ihres Taxis legen?«

»Wie bitte?«

Luisa fasst ihren Onkel am Arm, schiebt ihn etwas zur Seite. »Vicente, ich weiß, dass du den Job als Inspektor quittiert hast. Aber einer wie du kann doch nicht den lieben langen Tag in einem Taxi vergeuden.« Vielleicht waren ihre Worte gerade eben etwas zu direkt, also blickt sie ihn mit einem Lächeln Hilfe suchend an. »Für einen Ermittlungscrack wie du muss es doch ein Leichtes sein herauszufinden, wer bei uns im Dorf sein Unwesen treibt.«

Ist Luisa gerade dabei, ihn einzuseifen? Im wahrsten Sinne des Wortes? Oder hat sie vielleicht recht? Wäre eine solche Nachforschung wirklich eine unterhaltsame Denksportaufgabe? Alapont seufzt laut. »Okay, warum nicht.«

- 5 -

Es gibt wohl nichts, dass man nicht im WorldWideWeb erwerben kann. *Detergente* und *sacos grandes* tippt Alapont auf seinem Handy ein, Sekundenbruchteile später listet Google 693.000 Referenzen zu Waschmittel und große Säcke auf. Die Auswahl ist unendlich, doch Alapont konzentriert sich auf jene Verpackungen, die ganz in Weiß sind und aufgeklebte Etiketten haben.

Mit seinem Wagen steht er am Taxistandplatz gegenüber der Stierkampfarena und wartet darauf vorzurücken. Einen Moment Zeit hat er also, und so steigt er aus, geht zum Kofferraum und untersucht die Plastikhüllen, die ihm der Polizist in *Masanasa* hineingelegt hat. Von den Klebezetteln ist kaum mehr was übrig, zu lange lagen die Säcke im Wasser, doch er erkennt, dass diese nicht zugenäht, sondern zugeschweißt sind, ebenso stellt er fest, dass es sich um glattes, ziemlich festes Plastik handelt.

»Hey Mann, rück auf!« Der Kollege hinter ihm scheint unter Strom zu stehen, also setzt sich Alapont wieder hinter sein Steuer und fährt eine Wagenlänge vor. Langsam scrollt er durch die Waschmittel-Angebote, die er immer noch auf dem Display seines Mobiltelefons hat, schließt dann aber die Suchmaschine. Er ist sich sicher, dass der Täter seine Waschmittelsäcke nicht übers Internet bestellt hat, zumal es die meisten Bauern hier in der Gegend gerne handfest haben, und zwar im wahrsten Sinne des Wortes: bezahlt wird in bar, die Ware gleich mitgenommen. Tauschhandel wie in den guten alten Zeiten. Dafür tippt er jetzt auf *Google Maps* das Wort »Makro« ein. Nach dem Zusammenkommen draußen in *Masanasa* ist er gleich in die dortige Landwirtschaftsgenossenschaft und hat nach Säcken mit Waschmittel gefragt. Säcke hätten sie viele, antwortete die Angestellte leicht verwirrt, mit Samen, Dünger und Pflanzenschutzmittel, aber sicher keine Seife. Wenn schon, dann müsse er diese im Großmarkt suchen, dort, wo die Wirte und Hotelbetreiber die Produkte kaufen, um ihre Tischtücher und Bettlaken zu waschen. Eben bei »Makro«.

Auf der virtuellen Landkarte erkennt Alapont, dass es mehrere Filialen dieser Ladenkette gibt, eine liegt am westlichen Stadtrand und somit am nächsten zu den Fundorten der leeren Waschmittelsäcke. Also schert er aus der Warteschlange aus, hält kurz bei einem befreundeten Kneipenbesitzer, um sich dessen *Makro*-Kundenkarte auszuleihen und fährt weiter zum Großmarkt. Dort schnappt er sich eines der Beweisstücke aus dem Kofferraum und geht zum Eingang, wo er die Smartcard in den Scanner hält, sodass sich die Schranke öffnet.

Alapont braucht nicht lange, bis er den Gang mit den Haushaltsreinigern und den Waschmitteln findet. Zwischen den verschiedenen Angeboten findet er schließlich Zehn-Kilo-Säcke, die seinen Suchkriterien entsprechen: Sie sind weiß, verschweißt und nicht vernäht und haben die gleichen Maße. Auch hat das Plastik die gleiche Textur wie jener Sack, den er in den Händen hält und, ebenso wichtig, die Etiketten sind aufgeklebt und nicht aufgedruckt. Bingo! Das hofft er jedenfalls, denn eine andere Spur hat er keine. Also macht er mit seinem Handy ein Foto des Produktes, folgt doch jetzt der schwierige Teil des Jobs.

»*Buenos días.* Was kann ich für Sie tun?«

Der Filialleiter, nach welchem Alapont gefragt hat, ist ein korpulenter, glatzköpfiger Mann um die 40. Da er keinen Dienstausweis mehr vorlegen kann, ist er bei seinen Ermittlungen auf das Wohlwollen der anderen angewiesen. »*Señor*, ich brauche Ihre Hilfe!«, flötet Alapont, und doppelt mit einem tiefen, flehenden Seufzer nach, bevor er sein Anliegen vorbringt. Da dieser nicht reagiert, hält ihm Alapont sein Handy vor die Nase. »Wenn Sie wollen, können wir der Polizei anrufen, die werden Ihnen meine Geschichte bestätigen. Oder ich bitte die Kollegen, gleich hierher in den Laden zu kommen.«

Die Drohung wirkt.

»Also gut«, antwortet der Geschäftsführer und bittet den Privatdetektiv mit dem zusammengefalteten Plastiksack nach hinten in sein Büro. »Was wollen Sie wissen?«

Alapont zeigt dem Mann den Schnappschuss, den er soeben im Laden gemacht hat. »Ich möchte wissen, ob jemand in letzter Zeit zehn Säcke von genau diesem Waschmittel gekauft hat?«

»Sie wollen was?« Der Geschäftsführer, der sich gerade hinter seinen Rechner setzt, schaut überrascht auf. »Wissen sie, wie viel wir von diesem Zeug verkaufen?«

»Ich kann's mir vorstellen …« Alapont lässt sich auf den Besucherstuhl fallen und seufzt, einmal mehr, dramatisch laut und verzweifelt.

»Haben Sie die Produktnummer?« Die Mitleidsmasche funktioniert offensichtlich auch, tippt dieser doch die entsprechenden Ziffern in seinen Computer, drückt auf Enter und dreht den Bildschirm so, dass sein Besucher etwas sehen kann.

Alapont blickt auf eine lange Liste an Zahlen, die er nicht zu interpretieren weiß. »Kann das System herausfiltern, wer ausschließlich dieses Produkt gekauft hat?«

Der Filialleiter dreht den Bildschirm wieder zu sich und fängt erneut an, auf seine Tastatur draufzuhauen. Zwischendurch hält er inne und murmelt Unverständliches, bevor er weitertippt. Derweil lässt Alapont seinen Blick durch das kleine, schmucklose Büro schweifen. »Es hat etwas gedauert, die richtigen Suchkriterien zu filtern, aber hier haben Sie Ihre Liste. Ich hoffe, Sie können etwas damit anfangen.«

Auf zwei Seiten sind jene Kunden aufgeführt, die in den vergangenen Monaten ausschließlich diesen Typ von Waschmittel gekauft haben. Alapont studiert die Liste und zeigt dann auf einen Namen. »Ja, dieser da. Der interessiert mich!«

Der Shop Manager hat sich nach vorne gebeugt und blickt ebenfalls auf die Blätter mit den Einkaufsdaten und Kundenadressen. »Und weshalb gerade der?«

»Na ja, bei den einen handelt es sich um Hotelunternehmen, andere scheinen regelmäßig dieses Produkt einzukaufen. Dieser da hat erst vor ein paar Tagen genau zehn Säcke gekauft und nichts Weiteres. Und die Kundenanschrift ist in *Masanasa!*«

»Nicht schlecht!« Der *Makro*-Filialchef schaut respektvoll zu seinem Besucher hoch.

Alapont winkt ab, allzu oft in seiner Laufbahn als Inspektor haben sich vielversprechende Hinweise in Nichts aufgelöst.

- 6 -

Eigentlich sollte Alapont jetzt seiner wirklichen Arbeit nachgehen, Gäste herumfahren und Kasse machen. Doch Luisa hat recht: Das Ermitteln, und sei es nur eine harmlose Angelegenheit wie die Seifenlaugenstory, liegt ihm einfach im Blut. Abgesehen, dass er neugierig ist, wer die Waschmittelsäcke gekauft und in die Bewässerungskanäle geworfen hat. Er greift zu seinem Mobiltelefon und wählt die Nummer von Luisa Suárez. »*Sargento*, ich habe eine heiße Spur.«

Die Polizeiwache von *Masanasa* ist in einem Seitenflügel des Rathauses untergebracht, auf den reservierten Parkplätzen steht gerade ein einziger Streifenwagen. Also parkt Alapont auf einem der gelb markierten Felder und steigt aus. Erst jetzt bemerkt er Wachtmeisterin Suárez, die neben dem Eingang zur Dienststelle an der Hausmauer lehnt und ihn streng anblickt. »Ganz schön dreist, der Taxifahrer! Soll ich dir ein Knöllchen verpassen?«

»Okay, dann gehe ich wieder.« Alapont mimt die beleidigte Leberwurst. »Deinen Seifen-Terroristen musst du dann allein suchen.« Er wedelt mit der Käuferliste von *Makro*, die er in der Hand hält.

Genug geblödelt. Die Polizeibeamtin begrüßt ihren Onkel erneut mit zwei Wangenküssen. »Sag, was hast du herausgefunden?«

»Da schau, *Bar-Restaurante la Moderna*.« Alapont hält ihr den Ausdruck hin. »Der hat vor Kurzem Zehn-Kilo-Waschmittelsäcke gekauft, die identisch sind mit denen, die ihr gefunden habt.«

»Du meinst, das ist unser Mann?« Wachtmeisterin Suárez geht durch die Liste mit den Kundennamen und -anschriften.

»Ich weiß es nicht, aber es ist die einzige heiße Spur, die ich habe.«

»Na, dann gehen wir Javier Ruíz besuchen. Seine Kneipe ist nur drei Straßen weiter.«

Gemeinsam machen sich die beiden auf dem Weg, unterwegs werden sie laufend gegrüßt – von Passanten, Ladeninhabern und Straßenkehrern. »Du kennst hier wohl jeden.« In Alaponts Stimme schwingt Bewunderung mit.

Luisa winkt ab. »Na ja, die meisten kennen mich. Wir sind eine kleine Ortschaft und ein knappes Dutzend Uniformierte.«

Als sich Alapont in seinen jungen Jahren für einen Beruf entscheiden musste, hatte er Zweifel, ob er die Aufnahmeprüfung der *Policía Local de Valencia* machen sollte oder jene des *Cuerpo Nacional de Policía*. Schließlich entschied er sich für die Nationalpolizei, bot diese mehr Perspektiven und Karrierechancen und, daran hatte er damals nicht gedacht, auch mehr Verantwortung und Belastung.

Wirklich Stress wird ein Dorfsheriff wie Luisa wohl kaum haben, überlegt sich Alapont, während er mit ihr durch die engen Straßen der Vorortsgemeinde spaziert. Rückblickend bereut er seine Berufswahl trotzdem nicht, auch wenn er am Schluss den Job an den Nagel gehängt hat.

»Da sind wir, Javiers Kneipe.« Die Wachtmeisterin steht vor einem jener Lokale, in welcher sich die Nachbarn zum Schwatz treffen und neben Kaffees, Gin-Tonics und Erfrischungen auch Tapas sowie ein *menú del día* serviert werden.

Zusammen treten sie ein und stellen sich an die Theke, hinter welcher der Wirt gerade ein paar Tassen auswäscht. Als er die Dorfpolizistin erkennt, trocknet er sich schnell die Hände. »*¡Hola Luisa!*« Javier freut sich ganz offensichtlich über ihren Besuch, doch sie bleibt ernst.

»Javi, ich bin dienstlich hier!«

Das Lachen des Kneipenbesitzers erlischt, verwundert blickt er auf das Blatt, das sie ihm hinhält.

»Du hast vor ein paar Tagen mit deiner Kundenkarte im Großmarkt diese Produkte gekauft. Stimmt's?«

Der Wirt wischt sich seine halbfeuchten Hände an seiner Schürze nochmals ab, bevor er zum Papier greift. »Das war nicht ich! Mein Schwiegervater hat sich die *Makro*-Karte ausgeliehen.«

»Emilio?« Luisas Miene verdüstert sich. Sie nimmt das Blatt wieder entgegen, faltet es und steckt es in die Brusttasche ihrer Uniform. Dann gibt sie Alapont mit einem Kopfnicken zu verstehen, die *Bar-Restaurante la Moderna* zu verlassen. Draußen bleibt sie stehen und blickt ihr Gegenüber ernst an. »Erinnerst du dich an den älteren der beiden Bauern, die wir draußen auf den Feldern getroffen haben?«

Alapont nickt. »Klar, das ist ja erst vor ein paar Stunden gewesen.«

»Lass mich allein mit Emilio reden. Mal schauen, was er zu sagen hat. Ich rufe dich danach an. Okay?«

»Einverstanden.« Alapont weiß nur allzu gut, dass man bestimmte Gespräche und Verhöre diskret und taktvoll führen muss, erst recht, wenn es sich um Freunde, Familie oder Bekannte handelt, die man ins Visier genommen hat.

Es ist weit nach 23 Uhr, als Alaponts Mobiltelefon klingelt und sich Luisa meldet. Ohne sie zu unterbrechen, hört er den Ausführungen der Wachtmeisterin zu und verabschiedet sich mit einem kurzen *»Buenas noches«*. Lange bleibt er mit seinem Handy in der Hand sitzen und denkt nach. Gut, die kleine Denksportaufgabe von heute hat bewiesen, dass seine Fähigkeiten als Ermittler voll und ganz vorhanden sind. Doch was bringt diese Auffassungsgabe wirklich, außer immer wieder von Neuem festzustellen, wie abgebrüht und heimtückisch Menschen sein können?

Es ist ein wild zusammengewürfelter Haufen, der regelmäßig zusammenkommt, um etwas für den Umweltschutz in ihrer Heimatstadt zu unternehmen. Mal steigen sie über den Zaun eines Golfklubs und pflanzen Setzlinge in die Holes, mal basteln sie ein riesiges Spruchband und lassen es am großen Stadttor Valencias runterrollen, mal sammeln sie Unterschriften für neue Fahrradwege. Immer mit dabei das Mobiltelefon, um die Aufnahmen auf *Instagram* und *TikTok* hochzuladen. Trotzdem kommt es innerhalb der Gruppe immer wieder zu Diskussionen: Den einen geht es zu langsam, nur aggressive Aktionen werden zu einer Veränderung führen, den anderen ist wichtig, die öffentliche Meinung für sich zu gewinnen und nicht gegen sich aufzubringen. So wie es jene tun, die Kunstwerke mit Tomatensuppe bewerfen oder sich auf den Asphalt kleben und die Autofahrer zur Weißglut bringen.

Diana, Gründungsmitglied der Aktionsgruppe, hat keine Lust auf Diskussionen, jedenfalls nicht an diesem Abend. »Wir sind Umweltschutz-Aktivisten mit einem klaren Anliegen, sobald wir von der Öffentlichkeit als

Öko-Terroristen wahrgenommen werden, würden auch unsere Botschaften negativ interpretiert.« Sie blickt in die Gesichter der anderen. »Mit dem guten Wetter fängt bald die Badesaison an. Es ist also der richtige Moment, um zu handeln! Habt ihr alles dabei, was wir brauchen?«

Ein junger Mann holt aus seinem Rucksack zwei Silikonpistolen hervor, zeigt sie den anderen und steckt sie mit einem breiten Grinsen wieder zurück.

»Ich habe die Flugblätter auf Spanisch und Englisch!« Die jüngste der Aktivisten hebt stolz ihre Umhängetasche und zeigt auf ihre Kollegin. »Meine Kameradin hier hat drei Dosen Sprühkleber mit dabei!«

»Echt, Leute, unsere Aktionen müssen stören, um die Leute aufzuwecken! Das hier ist Weichspüler-Propaganda!« Der Neue in der Gruppe schnappt sich eines der Pamphlete, zerknüllt es und wirft es verächtlich auf den Boden. Offenbar, so haben die anderen rasch festgestellt, gehört er zu jenen, denen es nicht radikal genug sein kann.

»Die Duschen am Strand sind eine riesige Wasserverschwendung, in anderen Städten haben sie diese längst durch Fußspüler ersetzt.« Diana möchte nicht nur beschwichtigen, sondern auch motivieren. »Im vergangenen Sommer haben sie in Barcelona wegen der Trockenheit das Wasser an den Stränden ganz abgestellt. Rund 80.000 Kubikmeter wurden damit eingespart. Wisst ihr, wie viel das ist?«

Die Anführerin der Aktionsgruppe blickt auf ihre Armbanduhr. Es ist beinahe 2 Uhr nachts und Zeit aufzubrechen. Also startet der Neue in der Gruppe seinen Lieferwagen, Diana setzt sich mit einer weiteren Person auf die

Beifahrerbank, und der Rest klettert hinten in den Ford Transit. Die Fahrt durch das nächtliche Valencia dauert gerade mal zehn Minuten, und als sie bei der Malvarrosa-Promenade aussteigen, ist weit und breit keine Menschenseele zu sehen.

»Ihr beide, Jungs, seid die größten von uns, also nehmt ihr die Silikonpistolen und verklebt die Duschköpfe.« Sie schaut konspirativ einen nach dem anderen an. »Carol und ich kleben die Flugblätter. Und ihr beiden steht Schmiere und macht Fotos und Videos fürs Internet. *¿De acuerdo?*«

Einverstanden! Die sechs stecken ihre Köpfe zusammen wie eine Sportmannschaft vor dem Anpfiff eines Spiels und machen sich auf den Weg zu einem ganz besonderen nächtlichen Spaziergang entlang des langen Stadtstrandes von Valencia.

- 8 -

»Vicente, du gehst doch regelmäßig draußen am Strand schwimmen? Dafür hechelst du aber gewaltig!« Dabei schnappt Federico Torres selbst nach Luft, spitzbübisch zu grinsen mag er trotzdem. »An diesem Turnier teilzunehmen wird ein Riesenspaß. Komm schon, der alten Zeiten willen.«

Alapont winkt ab und reibt sich die rechte Hand. Sie schmerzt. »*Amigo*, das ist mindestens 30 Jahre her!« Ihm ist wieder mal bewusst geworden, wie schnell die Zeit vergeht, dass er keine 20 mehr ist, sondern die Fünf auf dem Rücken trägt. Dabei kommt es ihm vor, als sei es gestern gewesen, dass er zusammen mit seinem Jugendfreund den kleinen Lederball über die hohen Seitenwände ins gegnerische Feld geschlagen hat. Ähnlich dem neuzeitigen Squash, nur dass die Spielhalle länger ist, die Wände höher sind und man nicht mit einem Schläger, sondern mit der offenen Hand auf das kleine Rund eindrischt. *Pelota Valenciana* heißt das traditionelle Ballspiel, bei welchem die beiden Freunde einst Regionalmeister gewesen sind. Einst, vor drei Jahrzehnten, einer halben Ewigkeit …

»Wir haben genügend Zeit, um uns wieder in Form zu bringen!« Fede lässt nicht locker, eine Hartnäckigkeit, die Alapont bei seinem Kumpel bestens kennt und auch einer der Gründe ist, weshalb sich dieser zum Chefreporter der führenden Tageszeitung Valencias hochgearbeitet hat. »Es ist ein Freundschaftsturnier für *viejas glorias* dieses Volkssports.«

»Was heißt hier alte Größen?« Alapont schüttelt den Kopf. »Hast du nicht soeben gesagt, wir seien nicht alt?«

Selten fehlen Fede die Worte, jetzt ist ein solcher Moment. Also wechselt er das Thema. »Ich bin vor Kurzem im Justizpalast deiner Frau begegnet …« Er kommt ins Stocken. »Ich meine, deiner Ex-Gattin … äh, Isabel.« Federico blickt verlegen auf den kleinen Ball, der vor ihm auf dem Boden liegt, hebt diesen auf und schaut dann seinem Jugendfreund in die Augen.

Alapont weiß, was sein Gegenüber denkt, was er fragen möchte und sich trotz der Freundschaft nicht getraut. »Ich habe damals in die Scheidung eingewilligt, weil Isabel recht hatte. Gerade du als rasender Reporter solltest nur allzu gut wissen, wie schnell die Arbeit überhandnehmen und man seine Familie und Freunde vernachlässigen kann.«

Es ist eine Erkenntnis, eine Lebensweisheit, die Alapont erst verinnerlicht hat, nachdem es zu spät gewesen ist, die Ehe mit der Mutter seiner beiden Kinder zu retten. Die Scheidung hat ihm dann die Augen geöffnet, sodass er die Konsequenzen gezogen und die Freistellung vom Dienst beantragt hat. Der Jobwechsel hinter das Lenkrad eines Taxis war ein Neuanfang, den er in keinem Moment bereut hat. Schließlich hat er die Beziehung zu seiner Isabel wieder kitten können, ist sein eigener Chef und bestimmt, wann er arbeiten, wann er zum Schwimmen gehen oder *Pelota Valenciana* spielen will. So wie jetzt.

Alapont schleudert das kleine Rund mit voller Kraft wieder gegen die Wand. »Überleg nur, wie lange haben wir uns nicht mehr zum Ballspiel getroffen?«

»Viel zu lange!«, ruft Federico Torres und schlägt daneben. Offensichtlich ist auch bei ihm die Luft draußen. »Ich denke, wir haben genug trainiert für heute. Lass uns einen Kaffee trinken gehen.«

Frisch geduscht und gestärkt steigen die beiden in Alaponts Taxi. »Soll ich dich in die Redaktion fahren?«

Federico Torres, der an seinem Handy rumfummelt, seitdem sie die Sporthalle verlassen haben, schüttelt den Kopf und zeigt auf das Display. »Der Anwalt von Juan-José Milanés hat eine Pressekonferenz einberufen. Ich muss da hin, das ist die Story des Tages.«

Alapont kann sich gut an den Korruptionsskandal um den Direktor der städtischen Wasserwerke erinnern. Nachdem einer der Mitarbeiter bei seinen damaligen Kollegen der Abteilung für Wirtschaftskriminalität Anzeige erstattet hatte, flog auf, dass Milanés und seine Schergen insgesamt 23,8 Millionen an Steuergeldern veruntreut hatten. »Wie lange ist der Typ gesessen? Sechs Jahre, die Hälfte, und jetzt kommt er raus?« Er schüttelt verständnislos den Kopf. Wie oft hat er in seinen Polizeijahren erlebt, dass Verbrecher, die er festgenommen hat, ungeschoren davongekommen sind?

Federico legt seinem Jugendfreund die Hand auf die Schulter, kumpelhaft, beruhigend und gleichzeitig fatalistisch. »Milanés war ja nicht nur Chef eines städtischen Unternehmens, er war auch Abgeordneter im Regionalparlament.«

Mehr braucht der Journalist nicht zu sagen.

- 9 -

»Okay, ich fahre dich hin.« Alapont steuert sein Taxi in Richtung des Justizpalastes. »So kann ich gleich gegenüber beim Opernhaus und dem Aquarium auf Passagier-Jagd gehen.«

Fede schaut von seinem Handy auf. Früher hat Alapont Delinquenten gejagt, jetzt sind es Touristen. Aber was soll er sagen? Als Reporter jagt auch er – Stories, Nachrichten und Schlagzeilen. »Du kannst mich da vorne rauslassen, gleich hinter der Polizeistreife.«

Das Taxi hält vor dem Landesgericht, mit einem kurzen »*¡Gracias!*« springt Federico aus dem Wagen und eilt zu den anderen Journalisten, die mit ihren Kameras rumstehen. Vor dem Gebäude hat sich eine kleine Menschenmenge versammelt, die lauthals nach Gerechtigkeit schreit. Alapont blickt zu vier Frauen, die wutentbrannt ein Spruchband in die Höhe halten: »*Milanés Asesino*«. Warum soll der ehemalige Direktor der Wasserwerke ein Mörder sein, ist er doch wegen Korruption verurteilt worden und nicht wegen eines Verbrechens gegen Leib und Leben. Aber was soll's: Nicht selten kochen die Gefühle bei einem solch emotionalen Volk, wie es seine spanischen Landsleute sind, über.

Alapont drückt auf das Freizeichen seines Taxis und fährt los, das Aquarium liegt nur wenige 100 Meter weiter vorne. Und mit diesem die ausländischen Besucher, bei denen das Geld lockerer sitzt als bei den einheimischen Fahrgästen. Bereits von Weitem winken ein leicht untersetzter Herr und ein spindeldürrer, einen Kopf größerer Teenie. »*Good Morning,* sind Sie für einen längeren Ausflug frei?«

»*Yes*«, antwortet Alapont und fragt sich, was die beiden unter einem Ausflug verstehen.

»Sie können spanisch reden, wir haben eine Zeit lang in Mexiko gelebt.« Während die beiden einsteigen, beobachtet Alapont seine neuen Fahrgäste im Rückspiegel. Er schätzt, es sind solche der unterhaltsamen geschwätzigen Art. »Wir möchten gerne das Vogelschutzgebiet besuchen. Das soll ja nicht weit vor hier sein.«

»Ah, Sie meinen die *Albufera?*« Alapont startet das Taxameter. »Das ist keine Viertelstunde entfernt.«

Der Vater nickt, der vermutlich 14-Jährige hält voller Vorfreude seinen Feldstecher in die Höhe. »*Señor,* haben Sie die Flamingos selbst auch gesehen?« Der junge Vogelkundler spricht besser Spanisch als erwartet. »Und haben Sie gewusst, dass es in der Albu... wie immer der Ort heißt ... über 300 verschiedene Vogelarten gibt?«

Aha, da weiß einer aber Bescheid. »Hast du dafür gewusst ...«, Alapont blickt zwischen dem Verkehr vor ihm und dem Rückspiegel hin und her, »... dass das Wasser der Albufera die Reisfelder speist, an denen wir gerade vorbeifahren? Und dass deshalb die Paella hier in Valencia ihren Ursprung hat?«

»Klar, das hat mir *Daddy* erzählt.«

Der Vater meldet sich zu Wort. »Die Albufera ist die größte natürliche Lagune der ganzen iberischen Halbinsel, alle anderen Gewässer sind Stauseen, die in den 1950er- und 1960er-Jahren gebaut worden sind.« Offenbar sitzen gleich zwei Schlauberger auf der Rückbank. Wie der Vater, so der Sohn.

Nach ein paar Kilometern biegt Alapont von der Landstraße ab und folgt dem schmalen Weg zum Besucherzentrum des Naturschutzgebietes, zu welchem die Albufera-Lagune gehört. Der junge Ornithologe strahlt übers ganze Gesicht und hüpft aus dem Wagen. »Können Sie hier auf uns warten? Lassen Sie den Zähler weiterlaufen.«

Alapont hat schwere Beine vom Ballspiel mit Federico, trotzdem steigt er aus, um sich diese zu vertreten. Die Vogelwarte sieht anders aus, als er sie in Erinnerung hat. Der Aussichtsturm scheint jedenfalls höher, der Picknick-Bereich gepflegter und das Besuchergebäude frisch gestrichen. Offenbar haben sich, so liest er auf einer großen Informationstafel mit dem blauen Logo von *Valagua*, die städtischen Wasserwerke »für das Wohl der Flora, der Fauna und der Menschen« als Sponsor engagiert. Was wohl, sinniert Alapont, die Demonstranten, die er soeben vor dem Justizgebäude gesehen hat, von diesem Umweltschutzengagement halten?

- 10 -

Selten ist es still in Valencia. Kein Wunder in einem Land, in welchem erst um 22 Uhr zu Abend gegessen wird, und in einer Stadt, in der die Menschen gerne bis spät in die Nacht zusammensitzen. Egal ob draußen am Strand, die frische Meeresbrise genießend, oder in den verwinkelten Gassen und auf den kleinen Plätzen der Altstadt. Abgesehen davon, dass das Stillsein so gar nicht zum mediterranen Charakter der Einwohner dieser Mittelmeermetropole passt. Noch vor zwei Stunden, als Miguel Ruíz auf seinem nächtlichen Rundgang bei der Plaza de la Virgen vorbeigekommen ist, glitten ein paar junge Skater mit ihren Rollbrettern über den makellosen Marmorboden und versuchten sich an Sprüngen und Pirouetten, in den Straßencafés saßen Gäste bei einem Schlummertrunk und genossen die milde Nacht. Doch jetzt, Miguel schaut auf seine Uhr, es ist 3 Uhr früh, ist der Platz zwischen der Kathedrale, der Basilika und dem historischen Stadtpalast, in welchem der Präsident des Bundeslandes Valencia amtiert, menschenleer. Die Tische und Stühle sind zusammengestellt und mit langen Ketten und schweren Vorhängeschlössern gesichert, der große Springbrunnen, der normalerweise laut und fröhlich vor sich hinplätschert, ist verstummt, selbst die Tauben, die sonst den Platz bevölkern, scheinen schlafen gegangen zu sein. Um diese Uhrzeit ist Miguel der Platz der Heiligen Jungfrau am liebsten, denn jetzt gehört sie irgendwie ihm – und Juanito. Langsam geht er zum kleinen Grünflecken mit den drei Palmen rüber, unter welchen der Obdachlose die Nächte verbringt, und erkennt von Weitem, dass dieser auf seinem Lager aus Kartonschachteln und Wolldecken schnarchend seinen Rausch ausschläft. Mag sein, dass die Verwaltungs- und Regierungsgebäude mit Alarmanlagen und Sicherheitskameras ausgerüstet sind, gegen Sachbeschädigungen und Schmierereien nützen diese nicht viel. Also ist es seine Aufgabe, als Nachtwächter zwischen dem großen Stadttor, den *Torres de Serrano*, und dem Rathaus hin und her zu patrouillieren und die Augen offenzuhalten. Hierfür ist er bestens ausgerüstet, mit Taschenlampe, Pfefferspray sowie einem modernen Diensthandy, abgesehen von der Uniform. Diese ist ihm zwar etwas zu weit, trotzdem trägt er sie mit Stolz.

Bevor Miguel seine Runde fortsetzt, zupft er sein Hemd zurecht, justiert den Gürtel und zieht das Mobiltelefon aus dem Halfter. Auf der speziellen App des Handys tippt er auf den grünen OK-Button, automatisch registriert das System die Uhrzeit und die GPS-Koordinaten sowie, dass alles in Ordnung ist. Zufrieden zieht er aus der hinteren Hosentasche ein zerknautschtes *Ducados*-Päckchen hervor, doch er kommt nicht dazu, seine Zigarette anzuzünden.

»¡Mierda!«

Miguel Ruíz kneift seine Augen zusammen und blickt quer über den Platz. Ist es ein Schatten, den er da am großen Holztor des Eckgebäudes sieht? Oder etwas anderes? Mit schnellen Schritten überquert er die Plaza und erkennt im Näherkommen, dass die kleine Tür, die in der schweren drei Meter hohen Holzpforte eingelassen ist, einen Spaltbreit offensteht. »Scheiße!«, wiederholt er laut, sein Puls wird schneller. Auf seinen Rundgängen hat er meistens mit Bagatellen zu tun: betrunkene Partygänger, die sich in einer dunklen Ecke erleichtern, Lichter, die in irgendwelchen Amtsstuben nicht gelöscht worden sind, oder frisch gesprayte Graffitis. Einbrüche hingegen hat er noch nie gehabt – in seiner ganzen Security-Karriere nicht. Miguel zittert die Hand, als er die Taschenlampe von seinem Gürtel nimmt und sich vorsichtig dem Holztor nähert. Er schaut sich nochmals um, weit und breit ist niemand zu sehen. Der Nachtwächter atmet einmal tief durch und schiebt den Spalt langsam auf.

»¿Hay alguien?«, ruft er hinein und wiederholt: »Ist da jemand?« Vorsichtig stößt er die Tür ganz auf, leuchtet ins Innere und tritt ein. Erschrocken bleibt er stehen und starrt auf den Boden. Was windet sich da im Lichtkegel seiner Stablampe? Er braucht einen Augenblick, um zu realisieren, was es ist, und aus Angst wird Ekel. Es sind lebende Aale, die sich glitschig am Boden winden. Aale? Was zum Teufel …? Behutsam tritt er weiter in den dunklen Raum, blickt um sich und erkennt die schweren alten Holzstühle mit ihren Ledersitzen, die hier eingelagert sind und einmal in der Woche gegenüber vor dem

Aposteltor der Kathedrale aufgestellt werden. Dort versammelt sich jeden Donnerstag um 12 Uhr das *Tribunal de las Aguas*, das über 1.000 Jahre alte Wassergericht von Valencia. Vorsichtig, um nicht auf die abstoßenden Fische zu treten, geht Miguel weiter und sucht nach einem Lichtschalter. Als die Neonröhren flackernd angehen, erfasst der Wachmann das volle Ausmaß des Unheils: Nebst den beinahe toten Aalen sieht er auf dem Marmorboden eine Sprayerei, einen flachen ovalen Kreis, aus welchem oben und unten Striche rausgezogen sind. Und auch die schweren Holzstühle, in denen die Laienrichter Platz nehmen, sind besudelt – und zwar mit je einem Buchstaben: A-S-E-S-I-N-O-S. »Mörder«, liest Miguel Ruíz laut und zieht sein Mobiltelefon aus dem Halfter. Dieses Mal drückt er auf den roten Alarm-Button.

11

Für einmal ist es nicht Alapont, der hinter dem Lenkrad sitzt, sondern Inspektor Fernando García, der ihn in seinem Dienstwagen abgeholt hat. Die beiden kennen sich lange, seit sie in jungen Jahren zusammen die Polizeischule besucht haben, und sie kennen sich gut, waren sie als eingespieltes Ermittlerduo ja das Dream-Team der Mordkommission in Valencia. Niemand hat mehr Fälle gelöst und Verbrechern das Handwerk gelegt als *Alapont y García*, bis der Erste seinen Job quittiert hat. Privat sind sie weiter beste Freunde.

»Vicente, wie geht's der *pequeña?*« Mit der Kleinen meint García sein Patenkind Lucía. Alaponts Tochter ist längst kein Kind mehr, vielmehr wird sie demnächst 30 und arbeitet als Zahnärztin in England.

»Na ja, sie ist am Überlegen, ob sie zurückkehren und hier eine eigene Praxis eröffnen soll.« Als Vater hätte Alapont seine beiden Kinder natürlich gerne in seiner Nähe: Sohnemann Santiago lebt in Madrid, das geht ja noch, aber Liverpool … Als Spanier weiß er aber auch, dass Lucía, wie viele ihrer Studienkolleginnen und -kollegen, im Ausland bessere Berufsperspektiven hat als zu Hause.

»Schau dir den Typen einfach mal an.« Der Inspektor wechselt abrupt das Thema. »Der guten alten Zeiten willen. Mach mir den Gefallen, *por favor*.«

Alapont schaut aus dem Fenster. Für einmal muss er sich nicht auf den Verkehr konzentrieren, sondern lässt die Landschaft an sich vorbeiziehen. *¿Por favor?* Es ist eigenartig, wie unterschiedlich in verschiedenen Sprachen »bitte« gesagt wird. Im Deutschen klingt es nach Bittsteller, sozusagen von unten herauf. Mit ihrem *s'il vous plaît* respektive dem *wenn es Ihnen gefällt* sind die Franzosen irgendwie charmanter. Und im Spanischen wird bei *por favor* wortwörtlich um einen Gefallen, um einen *favor* gebeten. Eine Hilfsbereitschaft, die bei einem guten Freund selbstverständlich ist.

»Danke, dass du mit nach Picassent rauskommst, Vicente.«

Normalerweise freut sich Alapont, dorthin rauszufahren, befindet sich in diesem Vorort doch eines der besten Paella-Restaurants der ganzen Stadt. Eines der wenigen Lokale, in denen das Reisgericht auf offenem Holzfeuer zubereitet wird, ein Geheimtipp, zu welchem es weder *TripAdvisor*-Rezensionen noch *Google*-Sterne gibt. Dieses Mal ist ihr Ziel jedoch ein anderes, und zwar einer jener Orte, die er, so hatte sich Alapont bei seinem Ausscheiden aus dem Polizeidienst geschworen, nie wieder betreten würde. »Da vorne ist sie, die Ausfahrt zur Hoffnungslosigkeit!«

»Mann, Vicente, was ist dir heute Morgen über die Leber

gelaufen?« Inspektor García setzt den Blinker, fährt ab und kommt auf eine schmale Landstraße. Rechts ein langer Hag, an welchem Oleander-Büsche blühen, links ein weit höherer Zaun, zuoberst mit Stacheldraht versehen.

»Da ist das Leben in Wohlstand ...« Alapont zeigt auf den Golfplatz, an welchem sie vorbeifahren, dann auf die gegenüberliegende Straßenseite, »... und dort das nackte Überleben.«

García drosselt die Geschwindigkeit. Vor dem Eingang zur Justizvollzugsanstalt stehen mehrere Pkws am Straßenrand, eine kleine Menschenmenge blockiert die Zufahrt. Er erkennt Fotografen und TV-Reporter, Zaungäste, wütende Männer und zornige Frauen. Langsam rollt er bis zum Schlagbaum vor und zeigt seinen Dienstausweis. »Was ist denn bei euch los?«

Der Sicherheitsbeamte scheint alles andere als guter Laune zu sein. »Der Typ der Wasserwerke wird heute entlassen. Frühzeitig.« Ohne einen weiteren Kommentar winkt er die beiden durch.

García parkt seinen Wagen auf einem jener Plätze, die der Gefängnisleitung vorbehalten sind. Was soll's, sie kennen ja beide den Direktor. »Da, schau dir das mal an. Ich habe das Wichtigste rauskopiert.« Der Inspektor reicht seinem Beifahrer einen braunen Umschlag, den er aus dem Seitenfach hervorgeholt hat. »Der Mann ist erst vor Kurzem wegen Totschlags verurteilt worden, aber er behauptet weiterhin, unschuldig zu sein.«

Alapont überfliegt das Vorstrafenregister von Ricardo Soria, es ist drei Seiten lang: Betrug, Diebstahl, Trunkenheit und zahlreiche Körperverletzungen, mal leichte, mal schwere Delikte, beinahe immer vorsätzlich. »Fernando, beinahe jeder, den wir in den vergangenen Jahren festgenommen haben, hat irgendwann mal behauptet, unschuldig zu sein.« Er steckt die Kopien in das Kuvert und gibt es zurück. »Der Typ ist verurteilt. Wieso sind wir hier?«

»Eine Cousine hat mich um den Gefallen gebeten, mit diesem Typen zu reden. Sie kennt diesen Soria, weiß, dass er gerne dreinschlägt, doch jemanden umbringen? Nein!« Der Inspektor blickt geradeaus, vermeidet den Blickkontakt. Offenbar ist es ihm etwas peinlich, Alapont um diesen *favor* zu beten. »Stichhaltige Beweise gegen diesen Typen gibt es keine, allerdings hatte er kein Alibi für die Tatzeit. Also verurteilte ihn die Richterin aufgrund der Indizien sowie all der Vorstrafen.«

Alapont fasst seinen Freund am Arm, bis dieser ihn anschaut. »*Amigo*, wir als Polizisten fassen die Verbrecher. Was mit diesen geschieht, ist Sache der Justiz.« Kaum gesagt, bereut er seine Worte bereits. Erstens wollte er nicht klugscheißerisch klingen, zweitens ist er ja gar kein Polizist mehr.

»Den Fall …«, García zögert, »hat Kollege Olmos bearbeitet.«

Jetzt ist es Alapont, der die Augen verdreht. Inspektor David Olmos ist ein eingebildeter Fatzke, Meister im Manipulieren von Zeugen und Verdächtigen. Kurzum, ein *gilipollas*, ein Arschloch. »Okay, dann lass uns mit diesem Typen da drinnen reden.« Er steigt aus, blickt zum Eingang der Haftanstalt und atmet tief durch. Wollte er nicht nie mehr in seinem Leben da rein?

12

»*Amigo*, ich muss dich um einen Gefallen bitten.«

Schon wieder jemand, der um einen *favor* bittet?

»Wir brauchen deine Hilfe!«

Alapont war gerade mit seinem Taxi unterwegs, als er den Anruf von Jesús Roldaño entgegengenommen hat. »Wer ist *wir*?«

»Das erzähle ich dir lieber unter vier Augen.« Der befreundete Anwalt klang geheimnisvoll. »Ich brauche deine Erfahrung als Detektiv.«

Alapont war sofort hellhörig. Er besitzt keinen Dienstausweis mehr, den Instinkt als Ermittler hat er beibehalten.

»Donnerstag um 12 Uhr beim Aposteltor der Kathedrale?« Jesús Roldaño klang weiterhin mysteriös. »*¿De acuerdo?*«

»Einverstanden!«

Was für ein seltsamer Treffpunkt, weiß doch jedes Schulkind in Valencia, dass immer an diesem Wochentag und genau um diese Uhrzeit am vereinbarten Ort das altehrwürdige Wassergericht tagt. Vor über 1.000 Jahren hatten die Mauren acht Kanäle aus dem Turia-Fluss gezogen, um die Felder zu bewässern. Seither versammeln sich jede Woche die Vorsteher dieser acht *acequias* in einer Art Ältestenrat, um Streitigkeiten zu schlichten und für eine gerechte Wasserverteilung zu sorgen. Was für viele nur noch eine Touristenattraktion ist, ist für ihn ein wichtiger Teil der Geschichte seiner Heimatstadt. So wie damals ist auch heute Wasser ein wertvolles Gut, gerade in einem Land wie Spanien.

Als Alapont auf die Plaza de la Virgen tritt, erkennt er von Weitem, wie mehrere Männer dabei sind, vor der Kathedrale acht schwere Stühle im Halbkreis aufzustellen. Gleichzeitig versammeln sich immer mehr Schaulustige vor dem Portal, in welches Jesus und seine Jünger eingemeißelt sind. Schnellen Schrittes bahnt er sich seinen Weg durch die Touristen, welche den Platz der Heiligen Jungfrau bevölkern, und eilt zum historischen Gebäude, dessen schweres hohes Holztor weit geöffnet ist. Unter den Herren, die dort zusammenstehen und diskutieren, erkennt er Jesús Roldaño, der sich gerade das traditionelle schwarze Sonntagshemd der valencianischen Bauern überzieht, welches hier als Richterrobe dient.

»Du hast mir nie erzählt, dass du Schöffe beim *Tribunal de las Aguas* bist.« Alapont begrüßt den Anwalt. »Ich dachte, du hättest dich von der Juristerei verabschiedet.« Erst vor Kurzem hat dieser seine Anteile an einer der erfolgreichsten Kanzleien der Stadt verkauft und ist jetzt, wie man so schön sagt, Privatier.

»Das hier ist etwas anderes. Hier geht es um Tradition und Recht, so wie es sein muss. Einfach und in klaren Worten.« Vorsichtig zupft Roldaño sein Oberhemd zurecht.

Auch ein einfaches Gewand muss sitzen, erst recht, wenn man Mitglied eines solch noblen Gremiums ist. »Hör zu, wir müssen gleich rüber zum Apostelportal, aber danach muss ich mit dir reden.«

Alapont beobachtet, wie sich die acht Herren hintereinander aufstellen und durch die Zuschauermenge zu den Richterstühlen geleitet werden. Genau dann, wenn die große Glocke der Kathedrale zwölfmal schlägt, fängt der Gerichtsdiener damit an, die Namen der Wasserläufe aufzurufen mit der Aufforderung, sich zu melden, sollte jemand etwas vorbringen wollen. Da um eine moderne, schnell wachsende Metropole wie Valencia die Kulturlandschaft immer kleiner wird, gibt es auch immer weniger Bauern, die Streit ums Wasser haben. Ausnahmen, so weiß Alapont aus eigener Erfahrung, bestätigen allerdings die Regel.

»Komm, lass uns hochgehen.« Die Ratssitzung hat keine zehn Minuten gedauert, Jesús Roldaño zeigt zu einer Treppe. »Oben haben wir unsere Ruhe.«

Gemächlich steigen die beiden die hohen Stufen hoch. »Hier war mal eine öffentliche Bibliothek«, erinnert sich Alapont und zeigt auf die Galerie aus dunklem Holz und die Bücherschränke, die bis zur Decke ragen.

»Stimmt. Aber die Stadt hat das ganze historische Gebäude dem Wassergericht überschrieben«, erklärt Roldaño stolz. »Und aus der Bücherei haben wir den offiziellen Repräsentationssaal gemacht.« Alapont ist beeindruckt, mit offenem Mund schaut er zum wunderbaren Fresko hoch. Sein Blick trübt sich, als er acht schwere Stühle sieht. Es sind die genau gleichen, die er soeben vor dem Aposteltor gesehen hat, nur dass sie besudelt sind. »*Asesinos*«, liest er laut, Mörder, je ein Buchstabe pro Rückenlehne.

»Zum Glück haben wir diese mit jenen unten austauschen können. Wir warten auf einen Spezialisten, der die Schmiererei entfernt, ohne das alte Leder zu beschädigen. Die Hochlehner sind aus dem 17. Jahrhundert.«

»Jesús, was ist passiert?«

In wenigen Worten berichtet dieser vom nächtlichen Einbruch, den sich windenden Aalen und zeigt auf seinem Mobiltelefon ein paar Fotos. »Die große Sprayerei am Boden haben wir rasch entfernen können, aber meine Kollegen sind verunsichert. Tote Fische, wer tut denn so was?«

Alapont schaut sich die Aufnahmen an, was soll die gelbe Zeichnung am Boden darstellen? »Habt ihr die Polizei verständigt?«

»Klar, aber wir wollen nicht, dass die Öffentlichkeit Wind davon bekommt. Wir sind eine altehrwürdige Institution, das älteste Gericht in ganz Spanien. Da geht so was nicht!« Jesús Roldaño stellt sich vor Alapont und schaut diesen ernst an. »Wir brauchen jemanden, der diskret herausfinden kann, wer hinter diesem Akt von Vandalismus steckt. Ich habe den Ratspräsidenten sowie meine Kollegen überzeugen können, dich als privaten Ermittler zu engagieren.« Roldaños Augen erhellen sich wieder. »Und zwar nicht als Gefallen, als *favor*, sondern gegen ein gutes Honorar.«

13

Seit vier Jahren arbeitet Miriam Bernabé bereits bei *NaTuria*, dem Infopoint inmitten des alten Flussbettes, der die Aufgabe hat, die Bevölkerung für die Natur zu sensibilisieren und den Besuchern die Geschichte des lang gezogenen Stadtparks näherzubringen. Mit routinierten Handgriffen schaltet sie die Lichter und Monitore in den verschiedenen Ausstellungsräumen an und bündelt die Broschüren, die am Eingang aufliegen. Den Kindern, die sich für heute angemeldet haben, wird sie ein Comicheft mitgeben, in welchem die Geschichte Valencias und des Río Turia in bunten Bildchen beschrieben wird, angefangen bei den Römern. Erzählen wird sie den beiden Schulklassen auch, wie Diktator Franco nach der großen Flut von 1957 eine Schnellstraße ins trocken gelegte Bett bauen wollte, und wie nach dessen Tod sich die Stadt dazu entschied, einen riesigen Park zu bauen, eine sogenannte »grüne Lunge«.

»Na, bereit für die kleinen Racker?« Paco, der Leiter des Informationszentrums, lächelt seiner jungen Kollegin aufmunternd zu. »Man darf die Hoffnung nie aufgeben, immer sind zwei, drei mit dabei, die sich für die Ausstellung und das Gesagte wirklich zu interessieren scheinen.«

Scheinen? Selbst nach all den Jahren ist sich Miriam nicht sicher, ob ihr Engagement bei *NaTuria* etwas bringt, ob sie mit Prospekten und Ausstellungen wirklich etwas bewirken. Also hat sie eine Aktionsgruppe gegründet, die sich für den Umweltschutz in ihrer Heimatstadt engagiert. *¡Valencia YA!* heißt der zusammengewürfelte Haufen an Aktivisten.

»Na?« Obwohl beide allein im Innenhof des Besucherzentrums sitzen, schaut Paco vorsichtig um sich. »Wie ist es gelaufen?«

»Wie am Schnürchen.« Miriam blickt ihren Chef verschmitzt an. »Niemand hat uns gestört, keine Polizei weit und breit.« Dann wird sie nachdenklich, zeigt auf ihr Mobiltelefon, das sie in der Hand hält. »Gerade mal sechs Zeilen in der *Las Provincias,* mehr nicht.«

»Die erste Schulklasse kommt erst in einer Viertelstunde. Wir haben noch Zeit nachzuschauen, ob noch was erschienen ist.« Der Leiter des Besucherzentrums schaut seine Mitarbeiterin aufmunternd an. »Als wir beide *¡Valencia YA!* gegründet haben, war uns klar, dass es nicht einfach sein wird, Diana.«

Miriam hat als Kampf- und Decknamen innerhalb der Aktionsgruppe den Namen der römischen Göttin der Jagd gewählt, die auch als Beschützerin der Natur galt.

Sie stehen auf, gehen zum Eingangstor. Noch ist die erste Schulklasse nicht zu sehen. Also verschwinden beide im Büro. Paco loggt sich unter seinem Pseudonym im *Hotmail*-Account der Aktivistengruppe ein, Miriam holt das Prepaid-Handy her, über welches sie ihren *Instagram*-Account eingerichtet haben. »Da schau, wir haben ein paar neue Likes zur Aktion mit den Strandduschen erhalten und neue Follower.« Sie streckt ihrem Kollegen das Mobiltelefon hin.

Dieser blickt weiter auf den Bildschirm des Computers, er seufzt leise. »Keine weitere Berichterstattung. Nichts! *¡Nada!*«

»Vielleicht hat er recht?«

»Wer hat recht?« Paco schaut fragend hoch.

»Na ja, der Neue in der Gruppe. Der Typ, der uns in seinem Lieferwagen zur Strandpromenade gefahren hat. Der mit dem seltsamen Namen …« Sie muss kurz überlegen. »Der, der sich Airón nennt und behauptet, unsere Aktionen seien Weichspülpropaganda.«

»Weichspülpropaganda?« Dieser Begriff bringt Paco zum Schmunzeln.

Miriam hingegen bleibt ernst. »Was ist, wenn er recht hat? Müssen unsere Aktionen wirklich aggressiver sein, um die Leute aufzuwecken?«

Die Frage bleibt im Raum stehen, unbeantwortet, jetzt vernehmen die beiden wildes Getrampel und laute Kinderstimmen im Innenhof von *NaTuria*. Die erwartete Schulklasse scheint angekommen zu sein. Mal schauen, was man den Kleinen für ihre Zukunft auf den Weg geben kann.

- 14 -

Als Alapont den Schlüssel ins Schloss steckt, hat er ein schlechtes Gewissen. Seine Mutter mag es gar nicht, wenn man zu spät kommt, in Sachen Pünktlichkeit ist sie alles andere als spanisch. Seine Gespräche mit den Mitgliedern des Wassergerichtes haben sich in die Länge gezogen, sodass er übereilt losgegangen und nicht dazugekommen ist, die Nachspeise zu besorgen. So, wie er es immer tut, wenn er bei seiner *mamá* essen geht, um der alten Dame Gesellschaft zu leisten. »Ich bin's!«

»Ach, Vicente, ich bin erst gerade nach Hause gekommen«, klingt es aus der Tiefe der Wohnung. »Pack schon mal das Essen aus.«

Wie bitte? Hat er richtig gehört? Essen auspacken? Erst jetzt fällt ihm auf, dass es nicht, wie sonst üblich, lecker nach den Kochkünsten seiner Mutter duftet. Also geht er gespannt in die Küche, findet dort eine Tüte der Holzofenbäckerei auf der gegenüberliegenden Straßenseite, holt die zwei Menüschalen aus Aluminium heraus und stellt diese auf die Anrichte. Versuche, die Mahlzeiten mitzubringen oder seine Mutter in ein Restaurant einzuladen, sind bisher kläglich gescheitert. »Wo kriegst du besser zu essen als bei mir?« Ein Argument, gegen dieses anzukämpfen nicht unähnlich den Bemühungen von *Don Quijote* mit seinen Windmühlen ist: nämlich erfolglos! Seine Verwunderung wandelt sich plötzlich in Sorge: Geht's ihr vielleicht nicht gut? Wird Eugenia langsam alt?

»Ach, Vicente, da bist du ja!« Etwas über 80, ist Alaponts Mutter fit wie ein Turnschuh. Sie drückt ihrem Jungen einen Kuss auf die Wange. »Ich hatte einen Termin beim Friseur, doch ich musste warten, weil sie Probleme mit dem fließenden Wasser hatten.«

Alapont schaut sie fragend an.

»Ja, ähnlich wie bei einem Stromausfall.« Vorsichtig öffnet sie die beiden Verpackungen, holt eine Bratpfanne hervor und gießt etwas Olivenöl hinein. »Ich habe für uns zwei Portionen *Arroz al Horno* gekauft, das magst du ja so sehr.«

Stimmt! Schon als Kind hat er den Reiseintopf geliebt. Damals, als die Küchen noch nicht so ausgerüstet waren wie heutzutage, war es üblich, die niedrige Tonschale mit Reis, Speck, Schweinsrippchen, Blutwürsten, Tomaten, Kirchenerbsen und Knoblauch zu füllen, den Sud dazuzügießen und mit dem Ganzen runter zur Backstube zu gehen, um es dort in den Ofen schieben zu lassen. Eine Tradition, die der Grund dafür ist, dass heute noch in zahlreichen Bäckereien gegen die Mittagszeit *Arroz al Horno* in der Auslage zu finden ist.

»Viele schieben den Reis in die Mikrowelle, um ihn aufzuwärmen ...« Alaponts Mutter schüttelt verständnislos den Kopf. »Der wird dort nur pampig. Lieber rasch und kross anbraten, da geht der Geschmack nicht verloren.«

Nachdem Mutter und Sohn fertig gegessen haben und beim Kaffee sitzen, zeigt Alapont auf den Sofatisch. »Was hast du da?«

»Ach, ich habe diese alte Schuhschachtel hervorgeholt und angefangen, darin herumzukramen. Fotos, Umschläge, uraltes Zeugs!«

Alapont steht auf und geht rüber. »Diese Briefe sind aus den 1970er-Jahren!«, kommentiert er erstaunt. »An die Sondermarken kann ich mich erinnern.« Damals musste jedes Schreiben, das von Valencia aus verschickt wurde, mit einer speziellen Marke von 25 Peseten versehen sein.

»Das Geld floss in den Bau des neuen Flusslaufes, welcher nach der großen Flut von 1957 den Río Turia um unsere Stadt herumführen sollte.« Eugenia hat sich neben ihren Sohn gesetzt. Ihr Blick wird melancholisch, so wie es bei alten Leuten vorkommt, wenn sie an ihre jungen Jahre zurückdenken. »Ich kann mich noch gut an die Überschwemmung erinnern. Wir hier hatten Glück, aber viele andere …« Sie verstummt, während sie gemeinsam alte Fotos angucken, die einen in verblichenen Farben, die anderen in Schwarz-Weiß. Die meisten der Personen, die da abgelichtet sind, erkennt Alapont wieder, andere hingegen sind ihm unbekannt. »Da schau!« Eugenia hält die Porträtaufnahme eines Hochzeitspaares hoch. »Das ist eine Cousine zweiten Grades, die damals draußen in Pinedo gelebt hat.« Lange blickt sie auf das Foto, ihre Gedanken müssen irgendwo in die Vergangenheit abgeschweift sein.

Als Sohn mag er nicht, wenn seine Mutter melancholisch wird, also holt er sie ins Hier und Jetzt zurück. »Und wie heißt sie?«

»María-Flor.« Eugenia legt das Bild wieder auf den Tisch. »Wir hatten nie besonders engen Kontakt, sie war einiges älter als ich. Ich weiß nur, dass sie bei der großen Flut von damals all ihr Hab und Gut verloren haben. So wie viele andere auch.«

»Mama, das ist lange, sehr lange her!« Alapont fängt an, die Fotos wieder in die Kartonschachtel der Vergangenheit zu packen. »Überlege dir lieber, was du fürs Picknick zubereiten willst, das wir am Wochenende unternehmen werden.« Er erkennt, wie die Melancholie aus dem Blick seiner Mutter verschwindet, ihre Augen glänzen erwartungsvoll. Als spanische Mama gibt es für sie nichts Schöneres, als die ganze Familie um sich herum zu versammeln.

- 15 -

Egal wie lange er auf seinem Handy rumsurft, egal welche Begriffe er bei *Google* eingibt, er wird einfach nicht fündig. Zwar stößt er auf einen kurzen Artikel über Strandduschen, die mit Silikon verklebt worden sind, kein Wort jedoch über seine eigene Nacht- und Nebelaktion. Selbst in den sozialen Netzwerken, nichts, *nada*. Sowieso scheint es, als gäbe es derzeit keine anderen News als der einstige Korruptionsskandal bei den städtischen Wasserwerken und die frühzeitige Haftentlassung des ehemaligen Geschäftsführers. Hat eine Zeitung oder eine Nachrichtensendung erst mal eine heiße Story aufgeschnappt, so folgen die anderen Medien wie Lemminge und schlachten dieses Thema ebenfalls aus. So wie vor ein paar Jahren, als ein kleiner Junge beim Spielen auf einer Finca in der Nähe von Málaga in einen Brunnenschacht gefallen war. Das Loch war 100 Meter tief und gerade mal 28 Zentimeter breit, unmöglich also für die Helfer, sich abzuseilen. Und so gab es in Spanien während 13 Tagen kein anderes Thema als den verunfallten Zweijährigen: In Liveschaltungen wurde rund um die Uhr über die Rettungsversuche berichtet, selbst ernannte Fachleute gaben gescheite Kommentare ab, und in Diskussionsrunden wurde darüber debattiert, wie so etwas überhaupt geschehen konnte. Eine Schlagzeile jagte die andere, Hauptsache, die Auflage bei den Zeitungen, die Verweildauer vor dem Fernseher und die Zahl der Klicks und Likes stiegen nach oben. Als schließlich der leblose Körper des Buben geborgen wurde, trauerte das ganze Land mit Gedenk- und Schweigeminuten vor Rathäusern und Fußballspielen. Bereits damals konnte er den Medienhype nicht verstehen, als gäbe es sonst keine tragischen Unfälle. Eine Hysterie, die auch dazu führte, dass ihn die Polizei wegen seinen illegalen Bohrungen verhaftete. Die Lokalpresse in Valencia berichtete ausführlich von seiner Festnahme und verteufelte ihn, als wäre er für den Tod des kleinen Jungen verantwortlich. Drei Jahre wanderte er in den Knast, nur weil er für die Bauern Brunnen grub, und zwar auf deren eigenen Grundstücken. Er verstand damals und versteht auch heute nicht, was daran falsch sein soll, den Landwirten zu helfen, ihr Überleben zu sichern.

»¡*Mierda!* ¡*Mierda!*«, flucht er laut, während er auf und ab geht, einen Stein vom Boden aufhebt und mit aller Kraft und in hohem Bogen ins Wasser schleudert. »Scheiße! Scheiße!« Hier oben in der freien Natur kann er sich die Lunge aus dem Leib brüllen, niemand hört ihn. Verärgert schaut er auf das Display seines Telefons: gerade mal ein Strich, die Mobilfunkverbindung ist mies, die Datenübertragung eine Katastrophe. Also steckt er das Gerät weg und atmet tief durch, ein-, zwei-, dreimal. Ohne Erfolg, er spürt weiter Wut und Groll in sich. Und

Zweifel: Was kann er tun, um die Aufmerksamkeit der Medien zu gewinnen? Nicht wie damals als Opfer, sondern als Protagonist? Offensichtlich reichen tote Aale nicht.

- 16 -

Alapont steht am Malvarrosa-Strand und blinzelt zur Sonne, die über dem Horizont aufsteigt. Heute Morgen braucht er das kühle Nass des Mittelmeeres mehr denn je. Zu viele Gedanken, zu viele Fragen schwirren ihm seit dem Treffen mit Jesús Roldaño durch den Kopf. Was ist da wirklich los? Was geht da ab? Nachdem der Präsident des Wassergerichts ihn den Ratsmitgliedern vorgestellt und erklärt hatte, er würde die Ermittlungen aufnehmen, wurde der Privatdetektiv mit Murmeln und Kopfnicken willkommen geheißen. Alapont bedankte sich für das entgegengebrachte Vertrauen, sagte, es sei ihm eine Ehre, für eine solch honorige Institution tätig sein zu dürfen, und versicherte, dass er alles daransetzen werde, um den Vorfall aufzuklären.

»Vorfälle!«, unterbrach der Präsident, ein kleiner, dafür umso rundlicher Mann mit weißem Haar.

»Es gibt nicht nur den Vorfall mit den Aalen?« Alapont schaute fragend zu Jesús Roldaño, ließ sich seine Überraschung nicht anmerken und blickte dann mit ernster Miene auf die Herrenrunde vor ihm. »Ich muss von Ihnen alles wissen, um mit meinen Nachforschungen anfangen zu können.« Die Mitglieder des Wassergerichts sahen ihn skeptisch an. »Jede noch so nebensächlich scheinende Kleinigkeit!«

Es gibt Fälle, bei denen von Anfang an klar ist, in welche Richtung die Ermittlungen gehen sollen, bei denen es Verdachte und Verdächtige gibt, bei denen man ansetzen kann. Und dann gibt es jene Geschehnisse, bei denen man erst mal im Dunkeln tappt. Die Polizei ermittelt in alle Richtungen, heißt es dann. Auch der Vorfall im *Tribunal de las Aguas* gehört zu diesen. Also gilt es, im Meer schwimmen zu gehen und so den Kopf wieder freizubekommen. Langsam steigt Alapont ins Wasser, das für diese Jahreszeit noch etwas kühl ist, zieht seine Schwimmbrille über und taucht unter. Wunderbar! Jetzt gibt es nur noch ihn, das regelmäßige Ein- und Ausatmen sowie das nasse Element, das in seinen Ohren rauscht. Als er nach einer knappen Stunde erschöpft, aber zufrieden wieder am Strand steht, ist nicht nur die Sonne in die Höhe gestiegen, auch seine Selbstzweifel sind verflogen. Hat er diesen Ermittlungsauftrag angenommen, weil er sich Jesús Roldaño verpflichtet fühlt? Oder ist es sein Ego als Valenciano, ausgerechnet vom altehrwürdigen Gericht angefragt worden zu sein? Vermutlich von beidem etwas … Der wahre Grund, und dies ist ihm beim Schwimmen klar geworden, ist die Tatsache, dass es bei dieser Geschichte im Gegensatz zu früheren Fällen weder um Tote noch Vermisste geht, sondern um ein unblutiges Rätsel, das es zu lösen gilt. Eine Herausforderung, bei welcher der Zeit- und Ermittlungsdruck weit geringer ist als bei Mord- und Entführungsgeschichten.

Zufrieden stapft Alapont durch den feinen Sand, um sich an der Stranddusche das Salz vom Körper abzuwaschen. Überrascht stellt er fest, dass diese nicht funktioniert, also geht er etwas weiter zur nächsten.

»Tut mir leid, die ist ebenfalls kaputt.« Ein Arbeiter der Stadtwerke hantiert am Duschkopf herum. »Irgendwelche Idioten haben die Brausen mit Silikon verstopft, jetzt darf ich es wieder herrichten.«

»Silikon? Wie das?«

»Keine Ahnung. Irgendwelche Ökofreaks.« Der Handwerker kramt in seiner Werkzeugkiste, holt ein halb zerrissenes Papier heraus und reicht es dem Mann in der Badehose. »Die ganze Strandpromenade war damit vollgeklebt.«

Alapont faltet das schmutzige A4-Blatt auseinander und liest es aufmerksam. »Darf ich das behalten?«

Sein Gegenüber zuckt gleichgültig mit den Schultern und steigt die Leiter wieder hoch. »Die Duschen da vorne habe ich bereits repariert, die funktionieren wieder.«

Also geht er etwas die Strandpromenade hoch, während er das Pamphlet liest. Vermutlich haben diese Demonstranten nicht unrecht, wenn sie behaupten, Strandduschen seien eine Verschwendung in einem Land wie Spanien, das an chronischem Wassermangel leidet. Aber was soll er tun? Schließlich kann er nicht mit Salz auf der Haut und Sand an den Füßen in sein Taxi steigen und Gäste herumchauffieren. Und worin besteht der Unterschied, sich zu Hause oder hier am Strand zu duschen?

Endlich umgezogen blickt Alapont auf das hell schimmernde Mittelmeer. Etwas mehr als 70 Prozent der Erdoberfläche ist Wasser, trotzdem ist Wasser weltweit immer wieder Grund für Kriege und, so beweisen die verklebten Stranddrüschen und sein neuer Ermittlungsfall, Ursache für Unruhe und Streitigkeiten hier bei ihm zu Hause.

- 17 -

Alapont ist den ganzen Vormittag kreuz und quer durch Valencia gefahren, nun steht er beim Nordbahnhof hinten an der Schlange der wartenden Taxis. Eine solche Pause ist immer eine gute Gelegenheit für einen Schwatz unter Kollegen. Wie immer wird über die hohen Benzinpreise geklagt, über die Konkurrenz durch Fahrdienste wie *Uber* gelästert und über die neu gebauten Radwege geschimpft, für welche Fahrspuren geopfert worden sind. »Ist doch gut, wenn der Verkehr stockt, denn so sitzen die Leute länger in unseren Autos, während die Taxameter laufen«, kommentiert ein Schlaumeier. »Und wenn's den Fahrgästen zu teuer wird und sie aufs Taxi verzichten?«, kontert ein anderer. Tagesthema sind jedoch die Verkehrseinschränkungen rund um das Opernhaus, in welchem der Kongress mit hochrangigen Politikern aus der ganzen Welt stattfinden wird. »Die Veranstalter haben Limousinen aus ganz Spanien hierhergebracht, anstatt uns eine Scheibe abzugeben«, wettert ein Dritter. Bevor ein Weiterer etwas einwerfen kann, stirbt die Diskussionsrunde abrupt. Der Intercity aus Barcelona scheint angekommen sein, also kehren alle zu ihren Taxen zurück, um die Reisenden aufzunehmen.

»Kennen Sie die *Alquería del Pou?*« Kaum ist Alapont aufgerückt, steigt ein Mann in Jeans und Sakko ein.

Alapont bejaht und schaltet das Taxameter an. »Die Paella mit Ente, Foie und Pilzen ist die Spezialität des Hauses.« Sein Kommentar verhallt im Fond des Wagens, offensichtlich ein Fahrgast der stummen Art. Über die breite Gran Vía Marqués del Turia fährt er zur *Stadt der Künste und der Wissenschaften* und biegt dort auf einen schmalen holprigen Feldweg ab. Nach wenigen Minuten erreichen sie das Restaurant, das in einem kleinen renovierten Bauerngut untergebracht ist. Eines jener Lokale, von denen Touristen in der Regel nichts mitbekommen und die daher weiter als echt-authentisch bezeichnet werden können. Sein wortkarger Gast bezahlt mit seinem Handy, verlangt die Quittung und steigt aus, ohne sich zu verabschieden.

Selten kommt Alapont in diese etwas seltsame Gegend raus. Im Gegensatz zum nördlichen Stadtrand mit seinen weiten, gut bestellten Feldern sieht es hier, in der südlichen Peripherie, eher trostlos aus. Die Zwiebel- und Artischocken-Plantagen sind etwas trocken, zahlreiche Äcker liegen brach, und die meisten Feldwege sind verwuchert.

»*¡Buenos días!*« Ein älterer Mann mit einer Feldhacke grüßt beim Vorbeigehen.

»Und? Wie sieht es mit der Ernte aus?« Alapont stellt diese Frage nicht nur aus Höflichkeit, möchte er mit dem Mann ins Gespräch kommen.

»Ach, vergessen Sie's! Für die wenigen Peseten, die man für die Ernte kriegt, lohnt sich die ganze Arbeit kaum.«

Stimmt, denkt Alapont. Der Euro ist vor über 20 Jahren eingeführt worden, trotzdem rechnen viele auf dem Land immer noch in der spanischen Währung von einst, mit der *Peseta*.

»Aber ich kann ja mein Feld nicht unbestellt lassen, so wie es viele andere hier tun.« Der Alte stützt sich mit einem Arm auf seine Hacke, mit dem anderen macht er eine weite Bewegung. »Einige Besitzer sind verstorben, deren Kinder wohnen in der Stadt und warten nur darauf, ihr Erbe zu Geld machen zu können.«

Nachdenklich hebt Alapont seinen Blick. Von hier aus betrachtet kommt ihm die äußerste Ringstraße Valencias mit ihren acht Fahrspuren wie ein urbanistischer Damm vor. Am Tag, an welchem die unzähligen Wohntürme, die in den vergangenen Jahren wie Pilze aus dem Boden geschossen sind, alle fertig gebaut sein werden, wird es nicht lange dauern, bis die Bagger und Baukräne auf dieser Seite der Avenida auffahren werden. Dann heißt es Tschüs für die Gemüsefelder, auf Nimmerwiedersehen für die *Alquería del Pou*. Alapont zeigt auf den engen Wassergraben neben der schmalen Zufahrtsstraße zum Paella-Restaurant. »Ihre Felder werden, wenn ich mich nicht täusche, von der *Acequia de Favara* gespeist.«

»Richtig!« Der Alte ist überrascht, dass ein Taxifahrer so etwas weiß. »Wenn das Wasser fließt …«

»Weshalb? Was ist los?«

Der Bauer hebt sein Käppi und kratzt sich am Kopf. Er scheint nicht in Eile zu sein. »Der Favara-Kanal verläuft viel weiter oben und fließt raus zu den Reisfeldern. Seit man den neuen Flusslauf gebaut hat und die Stadt immer größer wird, fließt immer weniger Wasser.« Der Alte packt den Taxifahrer aus der Stadt am Arm und zieht ihn zum Rinnsal.

»Wieso ist das so?« Alapont möchte sein Gegenüber zum Weiterreden animieren.

»Ach, niemand will hier die Erde noch beackern, entsprechend werden die Wasserläufe nicht sauber gehalten. Sie sehen ja, wie viel Unkraut da wächst.« Mit der Kraft eines jungen Mannes haut der über 70-Jährige seine Hacke in den schmalen Graben und zieht diese wieder raus. Sie ist voller Grashalme, Schwemmgras und irgendwelchen kleinen Stauden. »Abgesehen davon haben sich immer wieder irgendwelche Trottel an den Schleusen zu schaffen gemacht und uns das Wasser gekappt.«

»Kann man da nichts dagegen machen?« Alapont schaut den Landwirt mit einem Blick der Betroffenheit an. »Können Sie sich nicht an das Wassergericht wenden?«

»An das *Tribunal de las Aguas?*« Der Alte fuchtelt mit seiner Hacke rum. »Erstens habe ich keine Ahnung, wer dahintersteckt, wen man beschuldigen könnte. Und zweitens traue ich Ramón nicht.«

»Wer ist Ramón?«

»Der Verwalter, respektive Delegierte der *Acequia de Favara* ist einer der acht Richter, die da jeden Donnerstag zusammenkommen.«

Alapont nickt verständnisvoll. »Warum trauen Sie diesem Ramón nicht?« Ist es die Macht der Gewohnheit, oder weshalb hat seine Frage wie ein Verhör geklungen? »Ich meine, gerade in heutigen Zeiten sollte die Landwirtschaft zusammenhalten.« Er versucht, seinen Fauxpas wettzumachen, und lächelt komplizenhaft. »Und das Wassergericht ist doch eine altehrwürdige Institution.«

Sein Gegenüber schaut ihn kritisch an.

»Aber was weiß ich ... Ich bin ein Stadtmensch, nur ein Taxifahrer.«

»Genau!« Das Gesicht des Alten hat sich verfinstert. »Ihr habt ja keine Ahnung, wie es läuft. Kauft euer Zeugs eingeschweißt im Supermarkt, importiert aus Marokko.« Er schultert seine Hacke und spaziert davon.

Alapont bleibt allein. Hat er was Falsches gesagt? Warum ist der Bauer einfach davongelaufen? Alapont schüttelt den Kopf, steigt in seinen Wagen und kehrt zurück in die Welt, die er kennt, zurück in die Stadt.

- 18 -

Trotz der Fülle an Obst und Gemüse ist es nicht einfach, im *Mercado Central* von Valencia die länglichen, rot-reifen San-Marzano-Tomaten zu finden, welche sich dank ihrer feinen Haut besonders gut zu Püree und Soßen verarbeiten lassen. Luz-Maria hat mehrere Stände in der historischen Markthalle abgeklappert, bis sie endlich die gesuchte Sorte findet. Sie verlangt zweimal ein Pfund, das sollte für ihr Vorhaben reichen. Sie bezahlt, schaut auf ihre Armband- uhr und erschrickt. Mist, sie darf auf keinen Fall zu spät kommen! Ihren Blick starr nach vorne gerichtet, bahnt sie sich ihren Weg durch die unsäglichen Touristen, die zuhauf den Zentralmarkt besuchen, dumm im Weg rumstehen und Fotos machen. Einmal draußen beschleunigt sie ihren Gang und erreicht so in wenigen Minuten die nahelie- gende Plaza del Ayuntamiento. Von Weitem erkennt sie ihre Schwiegermutter und ihre zwei Schwägerinnen, die vor dem Eingang zum Rathaus warten.

»Hast du sie gekauft?« Verschwörerisch, als würde es sich um Drogen handeln, wird Luz-María von den drei Frauen begrüßt. Sie nickt, zeigt die beiden Tüten und schaut auf die andere Seite des Rathausplatzes, wo ein paar Flaggen mit dem bunten Kreis der *Agenda 2030* aufgestellt sind. Jeder Kringel bestehend aus 17 Farben, die für die 17 Ziele der UNO in Sachen der nachhaltigen Weltentwicklung stehen und welchen die Politiker gerne als Pin an ihren Jacketts tragen. Auch Valencias Stadtverwaltung hat die *Agenda 2030* in ihrem Programm, gerade sauberes Wasser und nachhaltige Städte sind derzeit aktuelle Themen. Um Plastikmüll zu vermeiden, hat der Stadtrat erst vor Kurzem sämtlichen Beamten eine jener Trinkflaschen aus Edelstahl geschenkt, in denen das Wasser schön kühl bleibt und welche auch die Touristen immer öfters mit dabeihaben. Da das Leitungswasser in Valencia viel Chlor enthält und daher etwas schal schmeckt, sollen in den kommenden Monaten zwei Dutzend spezielle Wasserspender in Betrieb genommen werden, in denen das begehrte Nass gefiltert und gekühlt in mitgebrachte Flaschen abgefüllt werden kann. Kostenlos, ein Dienst am Bürger und an den Besuchern ihrer Stadt. Luz-Maria und ihre Begleiterinnen nähern sich den geladenen Gästen, Schaulustigen und Medienvertretern, die gekommen sind, um der offiziellen Einweihung des ersten dieser Wasserspender beizuwohnen. »Okay, dann machen wir es wie besprochen. Carmen und ich stehen etwas weiter hinten, ihr stellt euch nahe zu den Fotografen. Einverstanden?«

¡De acuerdo! Die vier Frauen trennen sich und mischen sich unter die Zuschauer. Eskortiert von zwei Uniformierten der *Policía Local* erscheint die Bürgermeisterin und bahnt sich ihren Weg durch die Menschen. Sie ist wie immer adrett gekleidet, vielleicht etwas zu konservativ für

eine Frau um die 40. Begleitet wird sie vom Direktor von *Valagua*. Der Chef der Wasserwerke stellt sich vor das Mikrofon, begrüßt die Anwesenden und fängt an zu sprechen. Luz-María kann das Geschwafel über den nachhaltigen Wasserkreislauf nicht mehr hören. Klingt zwar toll, tatsächlich ist es nur billige Propaganda und politische Fassadenwäsche. Mag sein, dass das städtische Unternehmen nach dem Korruptionsskandal neu organisiert worden ist, im Grunde genommen ist jedoch alles beim Alten geblieben. Wie immer in einem Land wie Spanien. Verstohlen nickt Luz-María ihrer Schwiegermutter zu, dann greifen die beiden Frauen in die Tüten.

Der Redner wie auch die Bürgermeisterin wissen nicht, was ihnen geschieht, als die überreifen Tomaten auf sie klatschen. Im selben Augenblick fangen die beiden Schwägerinnen an lauthals auszurufen: »*¡Justicia para José-Luis!*« Gerechtigkeit für José-Luis! Dabei stellen sich die beiden Frauen vor die anwesende Presse und rollen ein Spruchband aus: *¡Asesinos!*

- 19 -

Es gibt Dinge um einen herum, die man kaum wahrnimmt, bis man zum ersten Mal darauf achtet. Auf einmal scheint das gleiche Werbeplakat an jeder zweiten Straßenecke zu hängen, plötzlich fällt einem auf, wie viele Teslas auf den Straßen unterwegs sind, oder man stellt fest, dass es immer noch gelbe Briefkästen der Post gibt. Frequenzillusion nennt man in der Verhaltensforschung diese Art der selektiven Wahrnehmung. Seit Alapont die Ermittlungen für das *Tribunal de las Aguas* aufgenommen hat, geschieht ihm das Gleiche: Egal wo er hinblickt, er sieht überall Wasser. Wie oft ist er Valencias äußerste Ringstraße entlanggefahren, ohne auf die Schleusen zu achten, mit denen unterirdische Bewässerungskanäle geregelt werden? Weshalb hat er das Gefühl, laufend an Einsatzfahrzeugen der Wasserwerke vorbeizufahren, die dabei sind, Rohrbrüche zu beheben? Und seit wann gibt es in Valencia so viele Fontänen und Trinkwasserbrunnen?

Alapont hält vor einer roten Ampel und sieht wieder Wasser, er ist genau vor dem Sitz der *Confederación Hidrográfica* zum Stehen gekommen. Das Hydrografische Institut kümmert sich um Stauseen und Flüsse, kontrolliert Pegelstände und teilt das wertvolle Nass den verschiedenen Interessensgruppen zu. Das letzte Mal, dass er hier gewesen ist, war im Zusammenhang mit einer Leiche, die in einer stillgelegten Zisterne aufgefunden worden war.

Da es längst Zeit für eine Kaffeepause ist, parkt Alapont vor dem fünfgeschossigen Bürogebäude, steigt aus und schaut sich nach einem Lokal um, in welchem er sein *almuerzo* zu sich nehmen könnte. Dabei fällt ihm ein Mann auf, der mit Plakaten auf Brust und Rücken vor dem Eingang zur Wasserbehörde rumsteht. Seltsam, üblicherweise findet man solche Sandwich-Männer in den Fußgängerzonen der Innenstadt, aber hier draußen? Erst bei genauem Hinschauen fällt ihm auf, dass die Pappen von Hand beschriftet und mit Fotos beklebt sind. Liest er da etwas von Ungerechtigkeit und Wasser? Schon wieder die Frequenzillusion? Langsam geht er auf den einsamen Demonstranten zu und versucht, die handgeschriebenen Zeilen zu entziffern. Erfolglos, zu krakelig die Schrift, zu klein die Buchstaben. Bevor er den Mann etwas fragen kann, fängt dieser an, auf ihn einzureden wie ein Wasserfall. Das Innenministerium habe ihn bei der Enteignung seines Grundstückes über den Tisch gezogen, das Gericht habe Klage und Berufung abgewiesen, was allerdings nicht verwunderlich sei, da die Justiz nicht unparteiisch sei und, sowieso, seien die Politiker, und zwar alle, korrupte Hampelmänner, denen der kleine Mann egal sei.

Alapont brummt der Schädel, als er sich in eines der Straßencafés setzt. Der Wutbürger hat ihn keine Sekunde zu Wort kommen lassen, sodass er irgendwann einfach weitergegangen ist. Wie verbittert muss jemand sein, wie viel Zorn muss ein Mensch in sich tragen, um, wie der resolute Rentner gesagt, seit drei Jahren mehrmals in der Woche mit seinen Pappkartons auf Brust und Rücken vor die Wasserbehörde zu kommen? Bei der Frage um die Motivation des Demonstranten fängt es in Alaponts Kopf an zu rattern. Welche Beweggründe hat die Person, die beim Wassergericht eingebrochen ist und die Aale hat verenden lassen? Weshalb das Wort »*Asesinos*« auf den Stühlen? Schließlich richten die Schöffen nicht über Mord und Totschlag, sondern wachen lediglich über eine gerechte Verteilung des Wassers. Warum also »Mörder«? Und was hat die Sprayerei am Boden zu bedeuten?

Alapont ist sich mittlerweile sicher, dass es sich beim Autor des Vandalenaktes um keinen Bauern aus dem Einzugsgebiet der acht Bewässerungskanäle handelt. Die wenigen, die heute noch ihre Äcker bestellen und mit welchen er im Zuge seiner Ermittlungen gesprochen hat, sind ältere Jahrgänge. Und diese greifen kaum zu einer Spraydose, um damit eine Graffiti-Tag zu hinterlassen. Die gesuchte Person muss also etwas jünger sein, nicht älter als vielleicht 40. Die Begegnung vor dem Hydrografischen Institut hat Alapont auch dazu bewogen, eine weitere Perspektive anzustreben und seine Ermittlungen über die althistorische Institution auszuweiten. Wasser ist, wie ihm in den letzten Tagen vermehrt aufgefallen ist, allgegenwärtig. Vielleicht richtet sich der Einbruch, den er untersucht, nicht gegen das *Tribunal de las Aguas* als solches? Vielleicht hat der Attentäter dies Zielobjekt aus anderen Gründen ausgewählt? Aus Zufall? Oder weil wohl jeder mit etwas Geschick das Schloss am großen Holztor knacken könnte?

Die Bestellung, die der Kellner an den Tisch bringt, erlöst Alapont von diesem Gedankenwirrwarr. Das kühle Bier schmeckt bestens, die Kroketten aus Iberico-Schinken duften wunderbar.

- 20 -

Soeben hat Alapont einen Fahrgast im Stadtzentrum abgesetzt. Es ist zwar erst 18 Uhr und etwas zu früh, um Feierabend zu machen, trotzdem tippt er auf den Off-Schalter seines Taxameters, und das grüne Freizeichen auf dem Dach seines Wagens erlischt.

»Wir haben zwei neue Praktikanten. Und ich kann mich zum Redaktionsschluss um 22 Uhr per Videocall vom Handy aus dazuschalten.« Federico, sein Journalistenfreund, der immer unter Strom steht, scheint es mit der *Pelota Valenciana* ernst zu meinen. »Ich habe um 19 Uhr mit zwei Freunden draußen in Moncada abgemacht.«

Alapont muss kurz überlegen, wie er am schnellsten zu diesem Vorort im Norden kommt, überquert hierfür das Turia-Flussbett und folgt einer breiten, von hohen Palmen und noch höheren Wohnblöcken gesäumten Avenida. Nach wenigen Kilometern verwandelt sich diese in eine Landstraße, die durch weite Gemüsefelder, Orangenhaine und entlang eines besonders breiten Bewässerungskanals führt, die *Acequia de Moncada*. Kurz vor der gleichnamigen Ortschaft sieht Alapont einen halb verfallenen Gebäudekomplex. Da war doch was …

Genau! Das ist sie, das ist die alte Mühle, in welcher Ricardo Soria sein Opfer erschlagen haben soll. So stand es jedenfalls in den Ermittlungsakten, die ihm Inspektor García beim Besuch im Gefängnis von Picassent zugesteckt hatte. Einen Bericht, welchen der Verurteilte vehement bestritt: Ja, er sei dort gewesen und habe mit dem Opfer gestritten, doch er habe diesem kein Haar gekrümmt!

Die Uhr in seinem Wagen zeigt 18.30 Uhr, also warum nicht einen kurzen Blick auf den Tatort werfen, bevor er seinen Freund zum Training trifft? Über einen holprigen Feldweg fährt er bis zum Eingangstor, rollt daran vorbei und parkt seinen Wagen gleich neben dem Kanal. Als er aussteigt, erkennt er erst, dass die *acequia* randvoll ist und mit Kraft vorbeifließt. Lebenspendendes Nass, das von den großen Stauseen weiter oben im Landesinnern kontrolliert abgelassen wird. Alapont öffnet den Kofferraum und fängt an, in der kleinen Reisetasche zu kramen, in welcher er alle Dinge aufbewahrt, die seine Fahrgäste liegen lassen: Feuerzeuge, Brillenetuis, USB-Kabel, Kugelschreiber und sonstigen Kram. Mit einem kleinen Lederetui, das er aus der Wundertüte seines Taxis herausgefischt hat, geht er zum metallenen Eingangstor. Es wäre doch gelacht, wenn er mit seinen Dietrichen das Vorhängeschloss nicht aufbekäme! Die Türflügel hängen allerdings schief, und die Kette ist dermaßen locker, dass er sich problemlos durchzwängen kann. Und dass er nicht der Einzige ist, der dies tut, wird ihm beim Anblick der herumliegenden Bierdosen, den zahlreichen Zigarettenstummeln und den vielen Graffitis sofort klar. Langsam schreitet er über den Hof, der von Mauerbruchstücken übersät ist, also schaut er hoch und erkennt, dass am alten Lagerhaus sämtliche Gitter vor den Fenstern herausgeschlagen worden sind. Sicherlich Schrottsammler, die beim Eisenhändler ein paar Euro dafür bekommen haben. Kurzum, es ist unmöglich, irgendwelche Spuren von früher zu finden, genau wissend, wo das Verbrechen stattgefunden hat. Also macht Alapont mit seinem Mobiltelefon Aufnahmen der Bruchbude und von Reifenspuren in einer ausgetrockneten Pfütze. Danach verlässt er die alte Mühle, wie er sie betreten hat: durch den Spalt des verlotterten Tores.

»Leute, das ist mein Spielpartner.« Federico sitzt mit zwei jungen Kerlen in der kleinen Cafeteria des Sportplatzes. »Zusammen werden wird euch einheizen.«

Alapont begrüßt die beiden, setzt sich ebenfalls hin und schaut seinen Kumpel halb ernst, halb schmunzelnd an. »Fede, mein Freund, ich nehme eher an, dass die beiden Jungs es uns alten Knackern zeigen werden.« Dann wechselt er das Thema. »Seid ihr von hier?«

Beide nicken.

»Dann kennt ihr die alte Mühle da vorne?«

»Klar!«, antworten die zwei Männer wie im Chor.

»Dann wisst ihr sicher auch vom Totschlag?«

Erneutes Kopfnicken, während Federico keine Ahnung hat, von was die drei reden. Alapont erkennt die Verwirrung bei seinem Freund. »Ihr habt in deiner Zeitung sicher darüber berichtet, dass vor etwas mehr als einem Jahr hier ein Nachbar erschlagen aufgefunden worden ist.« Dem rasenden Reporter dämmert es, also fährt Alapont fort:

»Erst vor Kurzem wurde der Täter verurteilt. Ein gewisser Ricardo Soria.«

Als die jungen Männer diesen Namen hören, verdrehen sie die Augen. Der etwas kräftigere meldet sich mit einer tiefen Stimme zu Wort. »Diesen Lump kennt hier jeder. Er säuft, klaut und prügelt gerne einfach darauf los. Meinem Schwager hat er in einem Wutanfall das halbe Auto zertrümmert. Dass er jemanden totschlägt, wundert mich gar nicht!«

Bevor Alapont weiter nachfragen kann, winkt ihnen der Kellner zu und gibt zu verstehen, dass das reservierte Spielfeld gleich frei wird. Die vier bezahlen, nehmen ihre Sporttaschen und gehen in den Umkleideraum. Warum hat Alapont beim Anblick der beiden Rivalen, durchtrainiert und mindestens 20 Jahre jünger, das dumpfe Gefühl, gleich zur Schlachtbank geführt zu werden?

- 21 -

Was hatte Fede gesagt, als er ihn zur Teilnahme am *Pelota*-Turnier überredet hat? Es sei ein Freundschaftstreffen für *viejas glorias* dieses Volkssports? Für alte Größen? Heute Morgen kommt sich Alapont vor, als wäre er 100, spürt er jeden Knochen in seinem Leib, ganz zu schweigen von seinen Händen, die von den harten Aufschlägen immer noch halb taub sind. Das gestrige Spiel war lediglich ein Training, rasch haben die beiden feststellen müssen, was es heißt, gegen eine jüngere Generation anzutreten. Unruhig geschlafen hat er aber nicht nur deshalb, denn die ganze Nacht sind ihm Dinge rund um seine Ermittlungen durch den Kopf gegeistert. Gedankenfetzen, die er verstehen und ordnen möchte. Also hat er gleich nach dem Aufstehen Fernando García angerufen und ihn gefragt, ob er ihn in der *Jefatura Superior de Policía* besuchen könne.

Normalerweise steigt Alapont die Treppe in die dritte Etage der Polizeidirektion zu Fuß hoch, heute jedoch wählt er den Fahrstuhl.

Im Gegensatz zu seinen alten Knochen gibt es Dinge, die in der Zeit stehen geblieben sind. Inspektor Garcias kleines Büro sieht noch genauso aus wie damals, als sie den engen Raum miteinander geteilt haben. Nur, dass Alaponts ehemaliger Tisch an der Wand steht und als Ablagefläche für Aktenberge und Papierstapel dient. Nigelnagelneu ist hingegen der PC, hinter welchem sein ehemaliger Partner aufschaut. »Da guckst du!« Fernando García streichelt den Flachbildschirm, als wäre er eine kostbare Angorakatze. »Das Verwaltungsprogramm ist immer noch der gleiche Schrott!« Alapont erinnert sich sehr lebendig daran, wie lange es gedauert hat, Dokumente zu bearbeiten und abzuspeichern, eine wahre Zen-Übung inmitten der hektischen Ermittlungsarbeit. García holt ein Dossier aus der Schublade seines Schreibtisches hervor und reicht es seinem Besucher. »Komm, wir gehen rauf zum Dezernat für Sachbeschädigung, die Kollegin hat die entsprechende Akte bei sich liegen.« Der Inspektor steht auf und geht an Alapont vorbei in den Gang hinaus. Dort bleibt er stehen und blickt fragend zurück. »Was ist denn mit dir passiert?«

»Fede und ich haben gestern Ball gespielt.« Alapont versucht zu lächeln. Es misslingt. »Die beiden Gegner waren nicht viel älter als unsere Kinder.«

García grinst schadenfroh, gehört er ja zu jenen Menschen, die der Meinung sind, Sport sei Mord. »Selbst schuld, Vicente, wir sind keine 30 mehr.« Er schüttelt verständnislos den Kopf. »Okay, dann nehmen wir den Lift.« Als würde der Inspektor freiwillig Treppen steigen, denkt sich Alapont. Jetzt klappt es mit dem Lächeln. Oben angelangt geht der Polizeibeamte vor, tritt ins Büro der Ermittlungseinheit Eigentum und stellt sich neben eine Kollegin, die gerade am Telefonieren ist. Mit einem

Augenzwinkern reicht ihm die junge Frau eine Akte, welche García gleich an seinen Begleiter weiterreicht. »Hier. Du kannst dich in mein Büro setzen, ich muss gleich in eine Sitzung.« Er klopft dem lädierten Ballspieler ermunternd auf die Schulter.

Der Erfolg eines Aktenstudiums hängt davon ab, ob man es schafft, seine eigenen grauen Zellen zu überlisten und in seinem Kopf ein totales Reset hinzubekommen. Denn gleich wie bei Texten, die man öfters gelesen oder sogar selbst geschrieben hat, antizipiert das menschliche Gehirn die Buchstaben und Worte, die das Auge aufnimmt, und spinnt den Satz zu Ende. Dies ist der Grund, weshalb man beim Korrekturlesen eigener Texte immer wieder Fehler übersieht, nicht jedoch bei Schriftsätzen von anderen. Alapont muss also die Akten, die er in den Händen hält, durchgehen, als wüsste er von gar nichts, als wäre alles absolut neu für ihn, auch das kleinste Detail. Am liebsten würde er die Unterlagen irgendwo draußen studieren, aber er weiß, dass er diese als Zivilperson nicht mitnehmen darf. Also fährt er in sein ehemaliges Büro runter, legt die Dokumente auf den Schreibtisch und setzt sich in Garcías durchgesessenen Stuhl. Mal schauen, was das Material alles hergibt …

Nach einer halben Stunde hat Alapont sämtliche Rapporte über den Mord in Moncada studiert sowie den Bericht über die Aal-Attacke beim Wassergericht durchgelesen. Den Kopf auf seinen Armen aufgestützt, blickt er auf die Fotos, die er vor sich auf dem Schreibtisch ausgebreitet hat. Bringt das wirklich was? Spielt ihm seine Fixierung auf das Thema Wasser, die Frequenzillusion, wieder einen Streich? Was haben ein Toter in einer alten Mühle draußen vor der Stadt und verendete Fische im Herzen Valencias gemein? *¡Nada!* Nichts! Sackgasse!

Enttäuscht fängt Alapont an, die Unordnung auf dem Tisch aufzuräumen, die Papiere wieder schön aufeinanderzulegen und die Bilder zu bündeln. Klar ist, dass er sich auf seinen Auftrag konzentrieren muss, die andere Geschichte, jene von Ricardo Soria, geht ihn nichts an, der Mann sitzt verurteilt hinter Gittern. Also nimmt er nochmals die Fotografien des Wassergerichtes in die Hand, A4-große Bilder, in Farbe und schön scharf, nicht wie jene, die er bisher auf seinem Mobiltelefon gehabt hat. Da sind die schweren Holzstühle abgebildet, die mit den Buchstaben A-S-E-S-I-N-O-S besudelt sind, auch die verendeten Aale sind zu sehen, mal ganz nah, mal von Weitem aufgenommen. Auf den Weitwinkel-Fotos erkennt man auch die Sprayerei auf dem Marmorboden bestens, einen flachen ovalen Kreis, aus welchem oben und unten Striche rauslaufen.

Ein seltsames Zeichen ... Was das zu bedeuten hat? Ist es eine Art Bekennerschreiben? Sind es Pfeile oder Blitze, die aus dem flachen Kreis kommen?

»Mmmhhh ...« Alapont seufzt. »Da ist doch was ...« Kann es sein, dass er dieses Zeichen schon mal gesehen hat? Aber wo?

Wo?

Wie von einer Tarantel gestochen springt er auf, öffnet die Akte zum Mord in der alten Mühle und zieht den Stapel Fotografien hervor. Da war doch... Nein, nicht hier. Alapont blättert durch die Aufnahmen, und dann findet er, was er gesucht hat. Auf dem Bild ist die zugedeckte Leiche zu sehen sowie verschiedene Spurensicherungsnummern, aber das interessiert ihn nicht! Etwas anderes hat seine Aufmerksamkeit auf sich gezogen, am Rand der Aufnahme, etwas unscharf im Hintergrund, auf einer Mauer. Es ist eine Wandschmiererei, ein ovaler Kreis mit Strichen nach oben und unten. Alapont legt die Fotografie des Wassergerichtes und jene des Tötungsdeliktes nebeneinander, schaut sie lange an und setzt sich langsam, wie in Zeitlupe, wieder hin. Kein Zweifel! Es handelt sich um das gleiche Zeichen, um dasselbe Graffiti!

- 22 -

Der letzte Sonntag im Monat ist bei den Alaponts ein ganz besonderer Ruhetag, es findet dann das mittlerweile zur Tradition gewordene Familientreffen statt. Mal sind es nur sechs oder acht, mal zehn oder 20, die zusammenkommen, um Neuigkeiten auszutauschen, alte Geschichten aufzuwärmen und ausgiebig zu tafeln. Normalerweise versammelt sich die Sippschaft bei Vicentes Bruder Andrés und dessen Gattin Ruth, die ein großes Haus mit Veranda, Garten und Swimmingpool in Torrente, einem Vorort von Valencia, besitzen. Dieses Mal geht es jedoch auf Wunsch von Eugenia zum Bergsee von Benagéber. Alaponts Mutter drängt schon lange darauf, wieder mal ein Picknick zu veranstalten, so wie damals, als ihre Kinder klein gewesen und sie mit Sack und Pack ins Hinterland gefahren sind. Vater, Mutter, die drei Geschwister und die *yaya*, die Oma, zwängten sich in den kleinen Seat, wobei es noch Platz für Klappstühle und Essen für eine ganze Fußballmannschaft hatte. Heute besitzt jeder sein eigenes Auto, und so schlängelt sich eine kleine Wagenkolonne eng hintereinander die schmale Bergstraße in die Pinienwälder hoch. Neben Alapont sitzt Mutter Eugenia, die sich sichtlich über diesen Ausflug freut, auf der Rückbank hat sich Isabel angeschnallt. »Vicente, kann es sein, dass wir nicht mehr beim See gewesen sind, seit wir die Kinder hier ins Sommercamp gebracht haben?«

Dieser überlegt. Mann, wie die Zeit vergeht. »Das ist bald 20 Jahre her. Lucía war 16, Santiago 14.«

»Dir und deinen Geschwistern hat es dort oben immer gefallen. Wie ihr da rumgetobt seid. Euer Vater musste euch immer wieder aus dem Wasser holen …«, Eugenia schwelgt in Erinnerungen, »… und dich, Vicente, daran erinnere ich mich, als sei es gestern gewesen, von einem Baum, von welchem du nicht mehr runterklettern konntest.«

An diesen Vorfall kann sich Alapont nicht mehr erinnern, im Gegensatz zur mächtig hohen Staumauer und jenem riesigen Loch mitten im See, welches, so erklärte ihm damals sein Vater, als Abfluss dient, wenn der Pegel zu hoch sei. »Dieser Überfluss-Trichter ist der einzige in ganz Europa.« Papa erklärte ihm auch, dass *Caudillo Franco* im ganzen Land Stauseen errichten ließ, um Bevölkerung und Landwirtschaft mit Wasser zu versorgen. Damals erhielt der spanische Diktator den Spitznamen »der Frosch«, doch erst nach dessen Tod konnte man offen von »*el rana*« sprechen.

Viel hat sich seit den damaligen Zeiten verändert, geblieben ist jedoch die Gewohnheit, dass man vielerorts den Gürtel enger schnallen kann, nicht jedoch beim Essen. Verabredet man sich zu einer Mahlzeit, zu welcher alle etwas mitbringen sollen, so kann man davon ausgehen, dass jeder etwas mehr einpackt als vereinbart. Zur Sicherheit, man weiß ja schließlich nie ... Oliven, Chips, russischer Salat, Hackfleischbällchen, überbackene Auberginen, in Apfelwein gegarte Chorizo-Würstchen, Manchego-Käse und gleich drei *tortillas*, groß wie Wagenräder, stehen auf den beiden Klapptischen, die Alapont aus dem Kofferraum seines Taxis geholt und aufgestellt hat. Die Kühlboxen sind gefüllt mit Sprudelwasser, Cola, Bier und Weißwein.

»Was soll ich mit den Nachspeisen und dem Kaffee machen?« Alaponts Schwester Victoria kramt im Kofferraum ihres Audis, während Tante Matilda ebenfalls eine Thermoskanne aus ihrem Wagen rausholt. Wie gesagt: lieber zu viel als zu wenig!

»Stell die hinter mir hier in den Schatten. Auf den Tischen hat es keinen Platz mehr.« Mutter Eugenia hat es sich in einem Klappsessel unter einer hohen Pinie bequem gemacht und gibt Anweisungen wie die Königin von Saba.

Die Alaponts sind nicht die Einzigen, die hier hochgefahren sind, um den Sonntag inmitten der freien Natur zu verbringen, auch andere Familien haben sich im weiten Pinienhain ausgebreitet, mit Wolldecken, Campingstühlen und Hängematten. Unten, am nahen Ufer, steht eine Gruppe Angler zusammen, etwas weiter hinten parken Wohnmobile. Offenbar, so kommentieren Passanten, sind diese das ganze Jahr hier oben in der Wildnis.

»Wer mag einen Spaziergang entlang des Seeufers machen?« Nach der über einstündigen Fahrt braucht Alapont etwas Bewegung. »Die Luft hier ist wunderbar.«

»Ich sehe den blau schimmernden See auch von hier aus.« Bruder Andrés hantiert mit einem Korkenzieher rum. »Ich sorge lieber dafür, dass dieser Wein durchatmen kann.«

Alapont schaut rüber zur Staumauer und dem seltsamen Abfluss, der wie eine Tulpe aus Beton aus der Tiefe zur Wasseroberfläche heraufwächst. Er hat Lust hinzuspazieren, um nachzuschauen, ob ihm das Ganze immer noch so riesig vorkommt, wie er aus seiner Kindheit in Erinnerung hat.

»Vicente, geh nicht zu weit!«, ruft Eugenia, als wäre er wie damals ein kleiner Junge. »Dein Bruder serviert gleich den Aperitif.«

Alle haben sich hingesetzt und warten darauf, anstoßen zu können: Alaponts Bruder und dessen Frau, seine Schwester und ihr Gatte, Tante Matilda und Onkel José sowie die beiden wichtigsten Frauen in seinem Leben, die *mamá* und seine Isabel. Offiziell sind die beiden zwar geschieden, nach seinem Berufswechsel allerdings wieder zusammengekommen und somit ein Paar. Er setzt sich hin, greift zu seinem Becher mit Wein und stößt an. *»¡Por la familia!«* Die Familie sei, so besagt eine Redewendung, wie ein Baum, bei welchem die Zweige in unterschiedliche Richtungen wachsen, allerdings von den tiefen Wurzeln fest zusammengehalten werden. Als ehemaliger Polizist weiß er, dass dies nicht immer der Fall ist, dass fehlender Halt tragische Konsequenzen haben kann. Er weiß aber auch, dass er als Mitglied des Alapont-Clans immer auf seine Leute zählen kann. Schließlich ist Blut, um gleich nochmals ein Sprichwort zu zitieren, dicker als Wasser.

Wasser?

Schon wieder …

- 23 -

Sonntage sind absolut nicht ihr Ding. Denn dann stellt
Luz-María immer wieder schmerzhaft fest, dass sie in
einem viel zu großen Haus lebt. 120 Quadratmeter auf
zwei Stockwerken, viel zu viel für sie allein. Eigentlich
hätte sich dieses Eigenheim mit Leben, mit einer eigenen
Familie füllen sollen, so jedenfalls die Idee, als sie zusammen mit ihrem Ehemann die Hypothek für dieses Reihen-
häuschen aufnahm. Doch dann, vor sechs Jahren, spielte
ihr das Leben einen grausamen Streich, ein Schicksal, das
nicht nur sie aus der Bahn geworfen hat und nach welchem sie nur langsam in den Alltag zurückgefunden hat.
Bis vor ein paar Tagen, als bei ihr und ihren Anverwand-
ten alte Wunden aufgerissen worden sind. Auch die Selbstzweifel sind plötzlich wieder zurückgekehrt: Warum hat
sie nichts bemerkt? Hätte sie was tun können?

Das Klingeln an der Haustür reißt Luz-María aus ihren
Gedanken, innig umarmt sie die Frau, die im Türrahmen
steht. Beinahe so, als wären sie Mutter und Tochter, und
irgendwie sind sie es auch, sie hat sich von Anfang an
bestens mit ihrer Schwiegermutter Carmen verstanden,

ebenso mit den zwei Geschwistern ihres Ehemannes. Eine Verbundenheit, welche seit der Tragödie von damals nicht nachgelassen hat. Ganz im Gegenteil: Der Schmerz und die Trauer haben die beiden Frauen noch enger zusammengeschweißt. Beinahe jeden Sonntag treffen sie sich zu einem gemeinsamen Spaziergang, mal draußen am Meer, mal in irgendeinem Park in der Stadt. Dabei erzählte Carmen ihrer Schwiegertochter Geschichten aus der Kindheit ihres Sohnes, Luz-María berichtete dafür vom Zusammenleben mit José-Luis, und dem Vorhaben, bald ein erstes Kind zu haben. Irgendwann gab es nichts mehr zu erzählen, alles war gesagt. Geblieben ist den beiden nur eine tiefe Tristesse, die sie ihr Leben lang begleiten wird. Diese Melancholie ist verschwunden, dafür sind Empörung und Zorn in den beiden hochgestiegen. Und zwar heftig, gleich einem schlafenden Vulkan, der plötzlich und mit voller Kraft ausbricht, sind bei Luz-María und Carmen angestaute Gefühle wieder hochgekommen: Wie kann es sein, dass Mario Milanés, der ehemalige Geschäftsführer der Wasserwerke, frühzeitig aus dem Gefängnis entlassen worden ist? Der Mann, der für das Unglück in ihrer Familie verantwortlich ist? Ungestraft? Nein, auf keinen Fall!

»Die *chicas* kommen gleich, sie sind noch am Parken.« Mit den Mädchen meint Schwiegermutter Carmen ihre zwei leiblichen Töchter. »Hat dir Carlos was gesagt?«

»Er sollte in einer Viertelstunde auch da sein.« Luz-María muss schmunzeln, wenn sie an den Vetter denkt. Etwa gleich alt wie ihr Gatte, waren die Cousins unzertrennlich, und dies, obwohl sie ganz unterschiedliche Charaktere hatten. Ihr Mann, José-Luis, ist immer der

Besonnene gewesen, der Wirtschaft studierte und einen Managerjob bei den Wasserwerken innehatte, Cousin Carlos hingegen war und ist der Abenteurer, der Rebell, der die halbe Welt bereist hat und sich mit Gelegenheitsjobs über Wasser hält. »Ich bin gespannt, was er von der ganzen Sache hält.«

Mittlerweile sind die beiden *chicas* nachgekommen, also haben sich die vier Frauen in den kleinen Vorgarten gesetzt. Als echte Nordspanierin hat Luz-María einen kühlen fruchtigen *Albariño*-Weißwein sowie *empanadas gallegas* aufgetischt, mit Thunfisch gefüllte Teigtaschen. Die Stimmung ist ausgelassener als sonst, irgendwie überdreht.

»Und, wie lange haben euch die Bullen verhört?« »Was habt ihr gesagt?« »Ist die Polizei korrekt gewesen?« Luz-Marías Schwägerinnen wollen es genau wissen. »Uns haben sie lediglich das Spruchband aus den Händen gerissen und zur Seite geschoben«, kommentiert die eine. »Euch hat man jedoch im Streifenwagen abgeführt«, ergänzt die andere. Stolz schwingt in ihren Stimmen mit, stolz, etwas unternommen zu haben.

Mit etwas Verspätung setzt sich Cousin Carlos zu diesem kleinen Familientreffen. Er scheint verärgert. »Was hat eure Aktion gebracht? Nichts! José-Luis ist seit sechs Jahren tot! Und dafür ist dieser Mörder wieder auf freiem Fuß!« Zornig blickt er in die Runde. »Ich will Gerechtigkeit! Und die bekommen wir mit ein paar Tomaten und einem Spruchband nicht hin!«

»Ich weiß!« Luz-María versucht, ihren Vetter zu beruhigen. »Aber wir können keine Selbstjustiz üben und wirklich gewalttätig werden.«

»Und warum nicht? Wir müssen radikaler werden, um die Aufmerksamkeit der Öffentlichkeit zu gewinnen!« Carlos ist weit davon entfernt, sich zu entspannen. »Schließlich soll jeder in dieser Stadt erfahren, dass dieser scheiß Wasserwerke-Präsident meinen Cousin in den Tod getrieben hat!«

- 24 -

Alapont zögerte, sich anzuschnallen. »Bist du dir sicher?«
»Ja klar. Besser, sie kontrollieren mich als dich, sollte
uns die Polizei anhalten.« Isabel ist auf der linken Taxiseite
eingestiegen und hat den Fahrersitz auf ihre Höhe einge-
stellt. »Abgesehen davon: Es sind ja nur zwei Bierchen
und drei Gläser Weißwein gewesen. Das ist nicht viel …«
Das stimmt. Erst recht, wenn man bedenkt, dass dazu
reichlich gegessen und lange um die zwei zusammenge-
stellten Campingtische herum geplaudert worden ist. Über
Kinder und Enkel, über Politik und Fußball und, selbstverständlich auch, über die Fälle ihres Vicente. Damals, als
Polizeibeamter, durfte er nichts zu laufenden Ermittlungen verraten, jetzt, als Privatdetektiv, ist er an kein Still-
schweigen gebunden. Es hat nicht lange gedauert, bis ihm
seine Geschwister Löcher in den Bauch gefragt haben, und
zwar mit einer solchen Beharrlichkeit, dass Alapont nach
anfänglichem Zögern über den Auftrag des Wassergerichtes erzählt und den Stand der Ermittlungen in einfachen,
gut verständlichen Worten zusammengefasst hat. Das hat
gutgetan. Es ist schließlich nicht das gleiche, ob man seine

Gedankengänge für sich behält oder ob man diese laut aus-spricht und mit anderen teilt – und sei es nur mit seinen Verwandten. Die Alaponts wären nicht die Alaponts, wenn nicht gleich eine angeregte Diskussion losgegangen wäre. Vermutungen und Theorien wurden ebenso vorgebracht wie Zweifel und Fragen geäußert – alles wild durcheinan-der. *Tertulia* werden in Spanien solche Gesprächsrunden genannt, bei denen jede und jeder seine Meinung kundtun darf und seinen Senf dazugeben kann. Wobei dies meis-tens nicht gesittet nacheinander, sondern gleichzeitig-syn-chron abläuft und nicht selten in einer fröhlich-angereg-ten Diskussionskakofonie endet.

Nachdem Mutter Eugenia entschieden hatte, zusam-men mit ihrer Tochter nach Hause zu fahren, haben sich Vicente und Isabel gemeinsam auf den Weg nach Valen-cia gemacht.

»Und?«

»Was und?« Alapont genießt den wolkenlosen Him-mel, die weiten Pinienwälder und die Brise, die durch die offenen Fenster um sie herum weht, als säßen sie in einem Cabrio.

»Wie willst du weitermachen? Was willst du tun?« Isa-bel kurvt zügig die schmale Bergstraße runter in Richtung Requena, wo sie auf die Autobahn auffahren wollen. »Wie sieht deine Strategie aus?«

Nachdenklich blickt Alapont aus dem Fenster, hält seine Hand in den Fahrtwind. Isabels Frage klingt einfach, die Antwort hingegen ist es nicht. Seine Gespräche im direkten Umfeld des Wassergerichts, mit den Schöffen wie auch mit Landwirten, haben nicht viel gebracht. Außer die Einsicht, einmal mehr, dass sich jeder selbst am nächsten ist. Kann man entlang eines Bewässerungskanales seine Schleuse zehn Minuten länger offenlassen, ohne dass der andere es bemerkt, so tut man dies, ohne zu zögern und schlechtem Gewissen. Und trotzdem … »Ich kann mir nicht vorstellen, dass ein verärgerter Bauer hinter dem Streich beim *Tribunal de las Aguas* steckt.«

»Weshalb nicht?« Isabel blickt zwischen der Straße und ihrem Beifahrer hin und her.

»Die streiten sich wie kleine Kinder auf dem Spielplatz, mehr aber auch nicht.« Er sucht nach den richtigen Worten. »Ehrlich gesagt traue ich diesen alten Männern einen solch durchdachten Plan wie mit den Aalen im Wassergericht einfach nicht zu.«

»Alte Männer?«

»Ja, die meisten, mit denen ich gesprochen habe, sind weit über 60. Und dann ist da noch die Sprayerei auf dem Marmorboden.«

»Alte Männer? Über 60?« Isabel schmunzelt, während sie auf die A3 in Richtung Valencia auffährt und beschleunigt. »Die sind viel älter als du!«

Alapont weiß, dass er keine 20 mehr ist, das Trainingsspiel mit Fede hat ihn schmerzhaft daran erinnert. »Du weißt ganz genau, was ich meine.«

Die Autobahn schlängelt sich über die hügeligen Weinberge von Utiel-Requena, sein erster Fall als Privatdetektiv hatte ihn vor nicht allzu langer Zeit hierhergeführt. Damals musste er den Ermittlungsauftrag aus immer neuen Blickwinkeln betrachten, um auf die richtige Spur zu kommen. Und genau dies muss er wieder tun: über den Tellerrand schauen, neue Perspektiven gewinnen und neue Ansätze verfolgen, um herauszufinden, was es mit dem mysteriösen Kreiszeichen auf sich hat.

- 25 -

Die Menschen sind bequem geworden, man muss sie wachrütteln. Und zwar mit Kraft, richtig heftig, sodass sie nicht nur die Augen öffnen, sondern aus ihrer Lethargie aufschrecken. Und man muss es so tun, dass dieser Weckruf in der Presse und in den sozialen Netzwerken ein Echo findet, was beim heutigen Medienoverkill keine einfache Herausforderung ist. Farbbeutel an Fassaden zu schmeißen, bringt rein gar nichts, auch das Verkleben von Strandduschen ist sinnlos. Also was tun, um sich Gehör zu verschaffen? Dass genau jetzt der richtige Zeitpunkt gekommen ist, um mit Aktionen für Aufsehen zu sorgen, ist dank des *World Water Council* klar. An diesem soll, so steht es auf der offiziellen Webseite des Welt-Wasser-Rates, darüber debattiert werden, dass Wasser eine politische Priorität für die nachhaltige und gerechte Entwicklung des Planeten hat. Das klingt zwar nett, hindert die Teilnehmer allerdings nicht daran, nach der Tagung noch ein paar Tage Urlaub an einem Hotelpool anzuhängen oder ein paar Bälle auf einem der zahlreichen Golfplätze zu schlagen. Ausgerechnet in einem Land wie Spanien, das am

Austrocknen ist. Und das weiß er aus eigener Erfahrung bestens, immer tiefer musste er bohren, um ans Grundwasser zu gelangen.

Zuerst hatte er daran gedacht, bei der *Ciudad de las Artes y las Ciencias* etwas zu unternehmen, doch dann hat er die Idee verworfen, zu streng die Sicherheitsmaßnahmen rund um den Architekturkomplex. Dann lieber etwas, das einfach zugänglich ist, etwas, das über mehr Symbolkraft verfügt. Wie zum Beispiel ...

Wie was?

Lange hat er überlegt, was er unternehmen, was er allein durchziehen könnte. Denn auf diese Weise ist er niemandem Rechenschaft schuldig und vermeidet all die Debatten, die ihm bei all den Öko-Organisationen auf den Sack gehen. Endlich fiel ihm ein, mit welcher Aktion er zu 100 Prozent für Aufmerksamkeit sorgen würde. Viel braucht er hierfür nicht zu organisieren.

Und so kauert er in einem dunklen Hausflur und wartet darauf, dass die letzten Gäste ihre Gläser leeren und die Kneipen an der Plaza del Negrito ihre Stühle und Tische zusammenstellen. Der kleine Platz im Herzen der Altstadt ist bekannt für sein Ambiente, hier kommen nicht nur Touristen hin, hier treffen sich auch die Nachbarn zu einem Schwatz und einem Drink. Nachdem die letzten Lichter gelöscht worden sind, kontrolliert er seinen Rucksack: Gaffer-Tape, Feuerzeug, Spraydose und mehrere Stangen Dynamit. Er steht auf, streckt sich durch und zieht eine FFP2-Maske an, die er noch von der COVID-19-Pandemie übrighat. Aus dieser Zeit stammen auch die Latexhandschuhe, die er sich überstreift, weiß er doch, dass Sprengstoff auf der Haut lange nachgewiesen werden kann. Warum sonst würden die Sicherheitskontrollen auf den Flughäfen Handabstriche vornehmen? Lautlos geht er auf sein Zielobjekt zu, lautlos und langsam, denn es tut ihm in der Seele weh, die *Fuente del Negrito* in die Luft sprengen zu müssen. Schließlich handelt es sich nicht um irgendeine Fontäne, sondern um den ersten Trinkwasserbrunnen der Stadt Valencia, Jahrgang 1850. Doch manchmal muss man Opfer bringen, möchte man wahrgenommen werden.

Jetzt muss alles schnell gehen! Also nimmt er den Farbspray aus dem Rucksack, malt mehr schlecht als recht einen ovalen Kreis und Striche auf den Boden, greift sich zwei Dynamitstangen und befestigt diese mit dem schwarzen Klebeband an der Brunnenfigur. Drei wären zu viel, schließlich soll nicht der ganze Platz in die Luft fliegen. Mit geübten Handgriffen verbindet er die Zündschnüre miteinander und zieht diese nach außen. Vier Meter sollten reichen, um sich hinter einer Hausecke in Sicherheit bringen zu können. Ein letzter Kontrollblick, niemand weit und breit zu sehen, dann zückt er sein Feuerzeug, zündet die Lunte und taucht in den dunklen Gassen der Altstadt Valencias unter.

- 26 -

Obwohl der UNO-Generalsekretär zum *World Water Council* erwartet wird und die Präsenz von Polizei und Armee in der Stadt sichtlich zugenommen hat, gibt es in Valencia kein anderes Gesprächsthema als das Sprengstoffattentat von Sonntagnacht auf den Negrito-Brunnen. Die Staatsanwaltschaft hat eine Nachrichtensperre verhängt, umso heftiger brodelt die Gerüchteküche: Es seien arabische Terroristen gewesen, welche das Medieninteresse am internationalen Wasserkongress ausnutzen wollen, halbstarke Jugendliche, die noch fette Kracher vom Frühjahrsfest im März übrig hätten, oder ein verärgerter Nachbar, der gegen den Wildwuchs an Touristenappartements protestiert. Während Alapont seine Passagiere kreuz und quer durch die Gegend fährt, macht auch er sich Gedanken. Was steckt wirklich hinter diesem Bombenanschlag? Könnte dieser etwas mit seinem Fall zu tun haben? Beide Ereignisse, die Aale beim Wassergericht sowie die Zerstörung des historischen Springbrunnens, haben jedenfalls einen ausgeprägt lokalen Charakter. Sein Instinkt sagt ihm, dass hier Menschen am Werk gewesen sind, die sich nicht für die große Weltpolitik interessieren, sondern für das, was bei ihnen zu Hause geschieht. Ein gemeinsamer Nenner, den es bei seinen Ermittlungen zu berücksichtigen gilt. Am liebsten würde Alapont Fernando García anrufen, dieser hat ihm allerdings erst vor ein paar Tagen auf dem Kommissariat Akteneinsicht gewährt. Den Inspektor wieder um einen Gefallen, einen *favor,* zu bitten, scheint ihm daher unangebracht. Dafür wählt er Federicos Nummer. Trotz der Nachrichtensperre wird der Chefreporter der *Las Provincias* mehr wissen, als in der Zeitung abgedruckt ist.

Behörden, Journalisten und Spitzel, für einen Ermittler sind gute Kontakte zu Informanten das A und O für eine erfolgreiche Arbeit. Mit dem Ausscheiden aus dem Polizeidienst hat Alapont einige dieser Verbindungen verloren, dafür hat er neue Freundschaften geschlossen, die er um Hilfe bitten kann. Wie zum Beispiel jenen jungen Taxifahrerkollegen, der sich »Megabyte« nennt.

»Alapont, was geht ab?« Die Stimme am anderen Ende der Leitung klingt aufgekratzt. »Ich hatte soeben einen dieser schmierigen Bankertypen auf der Rückbank, der mir die Welt erklären wollte. Und Ende der Fahrt hat er mir gerade 50 Cent Trinkgeld gegeben, das Arschloch.«

Alapont schmunzelt. Von Kopf bis Fuß mit Tätowierungen übersät, sieht Megabyte nicht wie einer aus, der sein Wirtschaftsstudium mit summa cum laude abgeschlossen hat. »Hast du ihm nicht Paroli geboten?«

»Ach was. Ich habe ihn im Glauben gelassen, er sei etwas Mehrbesseres.« Das Studium hat Megabyte mit seinen Computer- und Hackerkenntnissen finanziert, als Wirtschafts- und IT-Experte erhält er immer wieder lukrative Jobangebote, trotzdem fährt er tagsüber lieber Taxi und geistert nachts im Internet rum. »Und, bist du an einem neuen Fall?« Der junge Mann hatte mal mit dem Gedanken gespielt, Kriminologie zu studieren, weshalb er den ehemaligen Inspektor unterstützt, wann immer er kann und mag. »Um was geht's?«

»Ach, das ist eine lange Geschichte …« Alapont druckst herum.

»Dann treffen wir uns, und du erzählst es mir.« Megabytes Ärger scheint verflogen. »Wollen wir uns in einer Dreiviertelstunde im Hafen treffen? Dort haben wir Ruhe.«

Das Straßencafé am Ende der langen Mole mag Alapont, weil sich nur selten Touristen bis hierher verirren. Die meisten bleiben weiter vorne hängen, beim *Marina Beach Club* und den anderen Trendlokalen, die auf *Tripadvisor* top bewertet und hauptsächlich von ausländischen Gästen besucht werden. Die Paellas dort sind doppelt so teuer, dafür nur halb so gut wie in einem normalen Restaurant.

Zufrieden blickt Alapont über das alte Hafenbecken, in dessen Blau sich die Sonne Spaniens spiegelt. Längst zu klein für die modernen Handels- und Containerschiffe, liegen hier Luxusjachten vor Anker, starten Ausflugsboote zu Rundfahrten in der Bucht von Valencia und üben sich zukünftige Segler in kleinen Jollen, bevor sie sich aufs offene Wasser wagen. Endlich kommt er dazu, die Bilder anzuschauen, die ihm sein Journalistenfreund vor etwa einer Stunde per *WhatsApp* zugeschickt hat. Die Fotos zeigen die abgesperrte Plaza del Negrito, den zerstörten

Springbrunnen und in weiße Overalls gekleidete Spezialisten der Spurensicherung. Obwohl er im Schatten eines Sonnenschirmes steht, muss er die Augen zusammenkneifen, um die Aufnahmen, eine nach der anderen, genau studieren zu können.

»Und, was ist so spannend?« Megabyte klopft seinem älteren Taxifahrerkollegen kumpelhaft auf die Schulter. Dieser zuckt zusammen, hat er ihn nicht kommen hören. »In was bist du so vertieft?«

Ohne zu antworten, hält ihm Alapont das Handy vor die Nase. »Siehst du das? Ich kann's nicht glauben!«

»Was kannst du nicht glauben?« Megabyte winkt dem Kellner zu und bestellt ein *Red Bull*. »Geht's um einen neuen Fall?«

Alapont nickt, legt das Mobiltelefon zu Seite und grüßt, wie es sich gehört. »*¿Qué tal, amigo mío?*« In wenigen Worten berichtet er von seinem Auftrag durch das Wassergericht, stolz hält er Megabyte ein Tatortfoto vom Negrito-Brunnen hin. »Da schau, das Graffiti im Hintergrund. Es ist der gleiche flache Kreis mit den seltsamen Strichen!«

Lange schaut der junge Mann das Bild an, zieht es mit den beiden Fingern größer. »Was willst du damit sagen? Dass hinter den beiden Aktionen die gleichen Leute stecken?«

Alapont nickt zufrieden. Sein Instinkt funktioniert, es handelt sich um die gleichen Autoren. »Nach dem Rumstochern im Heuhaufen habe ich endlich eine konkrete Spur.«

»Du meinst dieses Zeichen?« Megabyte trinkt sein *Red Bull* in einem Zug aus. »Und wie willst du weitermachen?«

Stimmt, wie weiter? Alapont blickt wieder auf das sich kräuselnde Wasser des Hafenbeckens. Als fände er dort eine Antwort.

»Weißt du was? Schicke mir das beste Foto des Graffitis auf mein Handy.« Wie von einer Tarantel gestochen, springt Megabyte auf. »Ich habe eine Idee.« In schnellen Schritten geht er zu seinem Taxi und kommt mit einem Laptop zurück. »Ohne meinen Rechner gehe ich nirgends hin!« Er startet diesen, stellt per Bluetooth eine Verbindung zu seinem Mobiltelefon her und loggt sich auf einer Plattform ein, die Alapont noch nie gesehen. Dort lädt er das Foto des Tatorts hoch, zoomt das Graffiti-Symbol an, markiert den entsprechenden Ausschnitt und drückt auf die Enter-Taste. »Kennst du *Google Lens*?«

Alapont ist sich nicht sicher. *Google* ja, aber *Lens*?

»Mit *Lens* kannst du anstatt eines Suchbegriffs ein Bild eingeben. Nur dass dieses Programm eine bessere KI verwendet.« Nach wenigen Sekunden erscheinen erste Bilder, es sind Fotos und Illustrationen von ganz unterschiedlichen Ovalen und Kreisen mit Strichen. Enttäuscht scrollt er durch die Ansammlung von Firmenlogos, Grafiken und Aufnahmen, keine hat im Entferntesten Ähnlichkeit mit dem gesuchten Bild. »Hier hat es ein paar Runen und Zeichen, die unserem Graffiti am nächsten kommen.« Megabyte klickt einzelne Suchresultate an, um die besser betrachten zu können. »Aber auch nicht wirklich …«

»Na ja, das wäre ja auch zu schön gewesen.« Alapont bleibt locker. Je vertrackter Ermittlungen sind, um so mehr fühlt er sich gefordert, und diese Herausforderung mag er. »Kannst du noch eine Suche für mich machen?«

»*Si, claro.*«

»Ich würde gerne wissen, wer in unserer Stadt besonders aktiv in Sachen Umweltschutz ist, wer besonders aggressiv auftritt. Nicht die großen wie *Greenpeace* oder *WWF*, sondern lokale Gruppen.«

»Du meinst Vereine, Kommandos und Öko-Aktivisten?«

Alapont nickt. »Ich dachte, wir sollten die wichtigsten unter die Lupe nehmen.«

»Okay, das ist keine schlechte Idee.« Megabyte freut sich, dass der ehemalige Inspektor von *wir* spricht. Hätte er doch Kriminologie anstatt Wirtschaft studieren sollen? »Das muss ich allerdings zu Hause machen, dort bin ich richtig ausgerüstet.«

Alapont hatte gehofft, gleich jetzt eine solche Internetsuche starten zu können. Aber langsam, eines nach dem anderen. Alleine die Gewissheit, dass hinter den beiden Anschlägen die gleichen Personen stecken müssen, ist eine wichtige Erkenntnis für seine Ermittlungen. Und die kann er nun mit mehr Elan denn je weiterführen.

- 27 -

Es ist sein Großvater gewesen, der ihm als kleiner Junge jeden Abend vor dem Schlafengehen etwas vorgelesen hat. Und zwar nicht irgendwelche Gutenachtgeschichten für Kinder, sondern Passagen aus den Romanen von Vicente Blasco Ibañez. In seinen Werken beschreibt der valencianische Schriftsteller das Leben der einfachen Bauern um 1900, wobei er auf die sozialen und politischen Unstimmigkeiten aufmerksam machte. Sein Opa war es denn auch, der darauf bestanden hatte, seinen Enkel auf den Namen Blasco zu taufen. Vom Vater seines Vaters hat er gelernt, wie man die Felder bestellt, den Klassenkampf vorantreibt und Schicksalsschläge überwindet. Blasco war gerade mal zwölf Jahre alt, als seine Eltern von der Straße abgekommen und in einen der großen Kanäle gestürzt sind, welche durch die Reisfelder im Süden der Stadt fließen. Gerade einen Meter tief, konnten sich Mama und Papa nicht aus dem verunfallten Wagen befreien und sind im seichten Wasser elendig ersoffen. Kurz kam Blasco ins Waisenhaus, doch der Großvater holte seinen Enkel wieder zu sich, wo er mit Oma und Opa aufwuchs. Er begann, die

Schule zu schwänzen, verbrachte immer mehr Zeit damit, selbst die Romane seines bekannten Namensvetters zu lesen, und begleitete immer öfter seinen Großvater zur Feldarbeit. Dieser lehrte ihn auch, wie man Wasseradern ausfindig macht, Brunnen gräbt und so den Gemüse- und Orangenbauern ihre Existenz sichert. »¡Agua – vida te da, vida te quita!«, hat der abuelo immer gesagt: »Wasser – Leben es dir gibt, Leben es dir nimmt!« Diesen Sinnspruch hat Blasco zu seinem Beruf gemacht und in halb Spanien nach Grundwasser gegraben und gebohrt. Dass die Landwirte keine amtlichen Bewilligungen dafür einholten, war ihm egal, schließlich sind es ihre Höfe und ihre Felder, die ansonsten eingehen würden. Ganz nach dem Motto »¡Agua – vida te da, vida te quita!« ist der Brunnenbauer zur Überzeugung gelangt, dass er mit seiner Arbeit das wertvolle Nass und damit das Leben schenkt. Bis ihn eines Tages die Guardia Civil bei der Arbeit erwischte und ihm das Handwerk legte. Blasco wanderte für drei Jahre in den Knast, selbst als sein Großvater starb, bekam er keinen Freigang, um sich vom wichtigsten Menschen in seinem Leben zu verabschieden.

In seinem Schlafsack wälzt sich Blasco hin und her, am liebsten würde er noch weiterpennen, hat er diese Nacht doch kein Auge zugetan. Eine innere Unruhe treibt ihn an, also steigt er aus seinem Ford Transit, welcher ihm als rollendes Heim dient, und schaltet sein Mobiltelefon ein. »Ich geh auf keinen Fall wieder in den Knast!« Nervös fängt er an auf seinem Handy runter und rauf zu scrollen und vor seinem Wagen auf und ab zu gehen.

»¡Nooooooooooo!«

Blasco brüllt sich seinen Ärger von der Seele, hören tut ihn niemand, er steht mit seinem Kastenwagen auf einem verlassenen Bauernhof weitab jeglicher Zivilisation. »Ich gehe nicht ins Gefängnis! Nur über meine Leiche!« Dass durch die Wucht der Detonation Fensterscheiben zu Bruch gehen könnten, damit hat er gerechnet, dass die Glassplitter ein zweijähriges Mädchen, das in seinem Bettchen schlief, lebensgefährlich verletzen würden, nicht.

- 28 -

Irgendwann mitten in der Nacht hat Megabyte mehrere Sprach- und Textnachrichten hinterlassen, insgesamt neun *WhatsApp*-Botschaften zählt Alapont nach dem Aufwachen. Also steht er auf, trottet in die Küche und bereitet sich einen Kaffee zu. Er braucht als Allererstes einen Schuss Koffein, erst danach ist er wach genug, um all die Informationen des Computerhackers zu verarbeiten. Als sei der Absender auf Speed, berichtet dieser von seinen Recherchen und Resultaten, kommentiert aber auch, wie und wo er mit den weiteren Ermittlungen ansetzen würde. Etwas viel für diese Morgenstunde, also tut Alapont das, was er immer macht, um seinen Kopf klar zu bekommen: am Malvarrosa-Strand schwimmen gehen.

Als er nach einer Dreiviertelstunde aus dem Wasser steigt und sich, nicht ganz ohne schlechtes Gewissen, an den Strandduschen das Salz vom Körper wäscht, ist Alapont bereit, in den neuen Tag zu starten. Megabyte hat ihm drei Aktionsgruppen durchgegeben, die in der Stadt besonders aktiv sind, unter anderem *¡Valencia YA!* Er entscheidet sich, bei jener anzufangen, die ihn mit dem Verkleben der Duschköpfe für das Thema des Wassersparens sensibilisiert haben »Die IP-Adresse, von welcher die meisten Messages von ¡*Valencia YA!* verschickt werden, gehört zu einem Rechner der Stadtverwaltung. Der Computer, den du suchst, steht im *NaTuria*-Besucherzentrum unten im Flusspark.« Alapont hört die Sprachnachricht noch ein-, zweimal ab, während er in die Stadt reinfährt und nahe der durchgegebenen *Google-Maps*-Ortung einen Parkplatz sucht.

»Zuerst ein Bad im Mittelmeer, jetzt ein Spaziergang zwischen Pinien und Azaleen – so müsste jeder Tag in Valencia anfangen«, sinniert Alapont und steht nach fünf Minuten beim Eingang des Zielobjektes. »*Buenos días.* Ich dachte, dies sei ein Werkhof der Stadtgärtnerei.«

»Da irren Sie sich!« Der Mann, der am Eingang steht und am Tor rumhantiert, tippt mit dem Finger auf das Logo, welches auf seinem Poloshirt aufgestickt ist: *NaTuria*. »Seit über zehn Jahren sind wir die Anlaufstelle für alle, die sich für die Geschichte des Turia-Stroms in unserer Stadt interessieren.«

Kopfnickend tritt Alapont ein. Die Anlage erinnert ihn an die Bauweise der Araber, an die *patios*, wie sie in Südspanien üblich sind. Außen herum durch Mauern abgeschottet, befindet sich in der Mitte ein großer gepflegter Innenhof, von welchem man in die verschiedenen Räumlichkeiten gelangt.

»Dort geht es zur Ausstellung. Lassen Sie es mich wissen, sollten Sie Fragen haben. Ich bin im Büro.« Mit diesen Worten verschwindet der Mitarbeiter durch eine Tür gleich neben dem Eingang.

Alapont setzt sich auf den Rand des Springbrunnens, der in der Mitte des Innenhofes fröhlich vor sich hin plätschert. Genauso entspannt wie die Stimmung hier, genauso locker muss er vorgehen, will er herausfinden, ob sich hier wirklich der Computer befindet, dessen IP-Adresse Megabyte durchgegeben hat. Unter keinen Umständen darf er in den Verhörmodus verfallen, eine Attitude, die Alapont trotz seines Ausscheidens aus der *Policía Nacional* noch nicht abgelegt hat. Also entscheidet er sich erst mal, die Fotogalerie mit Schwarz-Weiß-Aufnahmen aus der Zeit, als hier noch Wasser floss, anzuschauen, darunter auch Schnappschüsse der großen Flut von 1957. Danach setzt er sich im *patio* auf eine schattige Bank und beobachtet die offenstehende Tür, die zur Verwaltung führt. Dort erkennt er nicht nur den Mann, der ihn begrüßt hat, sondern auch eine Frau um die 40, die ebenfalls ein grünes Poloshirt mit dem aufgestickten *NaTuria*-Logo trägt. Er kann zwar nicht verstehen, was die beiden miteinander reden, aber es ist offensichtlich, dass sie sich gut verstehen.

»Mal schauen, was wir herausfinden …«, sagt der taxifahrende Ermittler zu sich selbst. Er steht auf, geht rüber zur halb offenen Tür und klopft an.

Das Paar, das gemeinsam vor dem Computer sitzt, schaut auf. »*¿Sí?*«, kommt es unisono zurück. »Wie können wir Ihnen helfen?«

Jetzt gilt es, im wahrsten Sinne des Wortes nicht mit der Tür ins Haus fallen, sondern sachte vorzugehen. »Ich habe da eine etwas heikle Frage.«

»Eine heikle Frage?«, wiederholt die Mitarbeiterin von

NaTuria und steht auf. »Kommt darauf an, was Sie unter heikel verstehen …«

Alapont mustert die Frau, die vor ihm steht. Dabei schaut er nicht so sehr auf ihr Äußeres, sondern auf ihr Gesicht, auf die Augen und ihre Mimik, verraten diese doch einiges über das Wesen eines Menschen. Und auf dies zu achten, hat der ehemalige Inspektor in seinen Dienstjahren gelernt.

»Ich habe ein Problem und hoffe, dass Sie mir helfen können.« Alapont entscheidet sich dafür, offen und ehrlich zu sein. »Ein Freund von mir hat mir gesagt, diese IP-Adresse gehöre hierher.« Er zieht sein Handy hervor und zeigt die *WhatsApp*, die ihm Megabyte geschickt hat.

»Darf ich?«, fragt die Frau und nimmt das Mobiltelefon in die Hand, um es ihrem Kollegen zu zeigen. »Ich verstehe nicht, was Sie wollen.«

»Von dieser IP-Adresse respektive von diesem Computer, so mein Informatikfreund, stammen bestimmte Nachrichten, die im Netz aufgetaucht sind.« Alapont wartet auf Reaktionen der beiden – vergebens. Also redet er weiter. »Die *Facebook*-Seite wie auch der *Instagram*-Account einer valencianischen Umweltschutzgruppe werden von hier aktualisiert.« Bewusst hat er das Wort Umweltschutz verwendet, ist dieses ja positiv geladen. Den Namen der Organisation hat er nicht genannt – noch nicht. Mal schauen … Dass sich die beiden einen schnellen komplizenhaften Blick zuwerfen, entgeht Alapont nicht.

»Was erzählen Sie da?« Jetzt erhebt sich der Mann, geht an seiner Kollegin vorbei und stellt sich vor den seltsamen Besucher. »Wie kommen Sie auf diese Idee? Sind Sie ein Bulle?«

Alapont hält dem stechenden Blick seines Gegenübers stand. »Polizist? Ich war mal einer, doch jetzt bin ich Taxifahrer.« Das Paar blickt ihn verwundert an. Eine Reaktion, die er oft erlebt hat und die ihm mittlerweile als Eisbrecher bei Gesprächen und Verhören dient. »Ich suche die Leute von ¡Valencia YA!, ich brauch deren Hilfe.«

Ohne auf eine Antwort zu warten, fängt Alapont an, vom Wassergericht, den toten Aalen und dem Bombenanschlag auf den Negrito-Brunnen zu erzählen. »Ich befürchte, dass diese Gewaltspirale weiter zunehmen wird. Und das wird wohl niemand wollen.« Er hält inne. Soll er wirklich so offen und direkt sein? Sein Menscheninstinkt sagt ihm: Ja! »Ich dachte, bei ¡Valencia YA! wisse man vielleicht mehr.« Alapont legt bewusst eine Kunstpause ein. »Ich hatte gehofft, Sie könnten mir weiterhelfen.«

Die beiden NaTuria-Mitarbeiter haben aufmerksam zugehört und schauen ihn schweigend an. Was diesen beiden wohl durch den Kopf geht? Wie werden sie reagieren? Plötzlich wird Alapont nervös. War es vielleicht ein Fehler, so offen und ehrlich zu sein?

Nach einer gefühlten Ewigkeit streckt ihm die Frau ihre Hand hin. Sie lächelt freundlich. »Mein Name ist Miriam, das ist mein Kollege Paco. Schön, dich kennenzulernen!«

- 29 -

Gleich wie Alapont sein Taxi immer picobello sauber hält, so zieht er sich jeden Tag auch frische Kleider an, um sich hinter das Steuer seines Wagens zu setzen. Und trotzdem kommt er sich mit seinen beigefarbenen Baumwollhosen und dem dunkelblauen, vom Fahrersitz leicht zerknautschten Hemd irgendwie underdressed vor. Die Empfangshalle, die er soeben betreten hat, ist hoch und hell, der glänzend polierte Marmorboden widerspiegelt das Sonnenlicht, das durch die großen Fenster einfällt. An den Wänden hängt moderne Kunst, die Personen, die hier ein und aus gehen, tragen Anzüge und Krawatten, als würde es sich um eine Privatbank handeln. Und wie in einem Finanzhaus, so denkt sich Alapont, stinkt es auch hier nach Geld.

»Danke, dass Sie so schnell zu uns in den Hauptsitz kommen konnten. Ich heiße Ferrán Torres.« Alapont schüttelt dem Sicherheitschef der Wasserwerke Valencias die Hand. »Mein Bekannter beim Wassergericht hat mir gesagt, Sie seien ein besonders erfahrener Privatdetektiv.«

»¡*Gracias!*«, antwortet Alapont freundlich, ärgert sich

allerdings. Hatte er sich mit Jesús Roldaño nicht darauf geeinigt, niemandem von seinem Auftrag zu erzählen, sodass er in Ruhe seine Ermittlungen durchführen kann? Abgesehen davon sollte er sich auf die Suche nach den Drahtziehern der beiden Anschläge konzentrieren und keine neuen Fälle angehen.

Mit einem freundlichen Lächeln fordert der Security-Direktor seinen Besucher auf, ihm zu folgen. Anstatt mit dem Fahrstuhl nach oben zu fahren, geht es runter ins Untergeschoss und über einen langen Gang zu einer schweren Tür. »Beinahe so gesichert wie der *Palacio de la Zarzuela*«, scherzt Torres und meint damit die Residenz des spanischen Königs in Madrid. Er hält seine Smartcard vor einen Scanner und tippt einen vierstelligen Sicherheitscode ein. »Hier läuft alles zusammen!«

Erstaunt blickt Alapont um sich, einen solchen Kontrollraum hatte er nicht erwartet. Allerneuste Technik, es sieht aus wie in einem Kinofilm.

»Das ist das Herzstück!« Der Sicherheitschef von *Valagua* ist sichtlich stolz. »Ohne all dies hier kommt kein Tropfen aus Ihrem Wasserhahn, die Brunnen würden nicht plätschern und die Rasensprenger nicht funktionieren.« Auf einer riesigen Bildschirmwand ist ein Labyrinth an farbigen Leitungen, Zahlen, Ziffern und Symbolen zu erkennen, mehrere Mitarbeiter sitzen vor ihren Computern.

»Dies erinnert mich an die Verkehrsleitzentrale im Rathaus!« Alapont nickt anerkennend.

»Genau! Nur dass Sie hier statt Straßen, Ampeln und Verkehrsauslastungen das Leitungsnetz, Klappen und Ventile sowie der Wasserdruck sehen. Wenn irgendwo ein Rohr platzt, dann können wir umgehend reagieren.«

Der Sicherheitschef führt seinen Besucher weiter in sein Büro, das durch eine Glaswand vom Kontrollraum abgetrennt ist, und bietet ihm einen Stuhl an und einen Kaffee aus der *Nespresso*-Maschine.

»Was kann ich für Sie tun?« Alapont nippt an seinem süßen, leichten *Volluto*.

»Es kommt immer wieder zu Hackerangriffen auf unsere Leitzentrale, begleitet von Erpressungsversuchen, Summen in Bitcoins zu überweisen.« Torres steht auf, stellt sich vor die Glaswand und blickt auf den Riesenbildschirm. »Unsere IT-Spezialisten konnten diese Cyberattacken aus dem Ausland immer abwehren. Russland, Asien, von wo auch immer.« Mit ernster Miene kehrt er an seinen Platz zurück und holt eine Aktenmappe aus einer Schublade. »Allerdings hatten wir in den vergangenen Tagen und Wochen mehrere Zugriffsversuche, bei denen kein Geld verlangt worden ist. Und die Botschaften waren nicht wie üblich auf Englisch, sondern auf Spanisch.« Er schiebt Alapont die Dokumente hin. »Im gleichen Zeitraum haben unbekannte Absender eine Flut an Negativkommentaren auf unseren Social Media-Plattformen publiziert, abgesehen davon, dass Farbbeutel an unsere Fassade geschmissen und bei mehreren unserer Serviceautos Reifen zerstochen wurden.«

Alapont blättert durch die Papiere, die er vor sich liegen hat. Ausdrucke von *Facebook* und *Instagram*, Fotos von beschädigten Fahrzeugen und Bekennerschreiben, die unter die Scheibenwischer geklemmt worden sind.

»Nachdem mir mein Bekannter von den Drohungen gegenüber dem *Tribunal de las Aguas* berichtet und von Ihnen erzählt hat, dachte ich, dass vielleicht ein Zusammenhang bestehen könnte.« Torres schaut den Privatdetektiv flehend an. »Vielleicht können Sie unser Problem in Ihre Ermittlungen mit aufnehmen. Geld spielt keine Rolle!«

- 30 -

Als hätten sie sich abgesprochen, fährt Alapont hinter Jesús Roldaños Mercedes auf den Kiesplatz der Landwirtschaftsgenossenschaft von Pinedo. Besorgt schaut er auf die Uhr. Es ist bereits 11.30 Uhr, mal schauen, ob noch was übrig geblieben ist. Schließlich stehen die Bauern bereits frühmorgens auf ihren Feldern, dafür treffen sie sich spätestens um 10 Uhr in der Kantine der Kooperative zum morgendlichen Happen. Hier ist man unter sich, die Rationen sind großzügig, und es gibt immer etwas zu diskutieren. Sei es der fehlende Regen, die steigenden Preise für Saatgut oder die dämlichen Ökopolitiker, die *Glyphosat* als Unkrautvernichter verbieten wollen. Die wenigen Männer, die nicht wieder zur Feldarbeit aufgebrochen, sondern bei einem Glas Brandy verhockt sind, grüßen Jesús Roldaño respektvoll. »*¡Buenos días, Don Jesús!*«

Alapont schaut seinen Begleiter grinsend an. »Echt? Die Leute hier sprechen dich tatsächlich mit dem veralteten Ehrentitel an? Don?«

»Na ja, unsere Familie besitzt zahlreiche Ländereien in dieser Gegend.« Roldaño scheint verlegen, eine Attitüde, die nur wenige an ihm kennen. »Und als Anwalt, der zudem Ratsmitglied bei *Tribunal de las Aguas* ist.«

»*¡Buenos días, Don Jesús!*« Auch der Kellner grüßt Roldaño auf die gleiche achtungsvolle Weise und stellt eine offene Flasche Rioja, eine kleine *Gaseosa*, Erdnüsse und Oliven sowie einen grünen Salat mit Tomaten und Zwiebeln auf den Tisch. Alles ungefragt, aber für diese Art von Lokal selbstverständlich. »Wenn ich gewusst hätte, dass Sie kommen, hätte ich …« Betreten schaut er auf das leere Serviertablett, welches er in den Händen hält. »Ich gehe mal nachfragen, was noch übrig ist«, sagt die Bedienung und verschwindet Richtung Küche.

Alapont füllt die beiden Gläser mit Hauswein und gießt die Limonade dazu. »Ich war bei den Wasserwerken. Warum hast du denen von unserem Fall erzählt?«

»Weil ich dachte, dass da vielleicht Parallelen bestehen.« Jesús Roldaño nippt am süß-gespritzten Rotwein. »Und weil ich weiß, dass diese besser bezahlen als wir beim Gericht.«

Das Wassergericht! Alapont nutzt dieses Stichwort, um seinen Freund und Klienten über den neusten Stand seiner Ermittlungen aufzuklären. »Altehrwürdig mag eure Institution ja sein, aber hinter dem schönen Schein, welchen die Ratssitzungen jeden Donnerstag vermitteln, ist manches Wässerchen trübe.«

Roldaño schaut sein Gegenüber ernst an. Was soll er sagen? Dass dem so ist? Bevor er antworten kann, tritt der Kellner erneut an sie heran und stellt eine Tapa mit *chorizos en sidra* auf den Tisch. »Hast du nicht auch Hunger?« Don Jesús versucht, das Thema zu wechseln, und schiebt sich eines der kleinen in Apfelwein gegarten Paprikawürstchen in den Mund.

Alapont lässt sich nicht ablenken. »Trotzdem glaube ich nicht, dass einer eurer Genossenschafter hinter der Attacke steckt.« Dass er diese für zu schlicht und zu alt einschätzt, behält er für sich. Dafür öffnet Alapont die Bildergalerie auf seinem Mobiltelefon und legt dieses auf den Tisch. »Da schau. Das sind Aufnahmen vom Sprengstoffattentat auf den Negrito-Brunnen, die mir Fede von der Zeitung zugeschickt hat.«

Jesús Roldaño schaut sich die Fotos genauer an, bis er mit überraschter Mine aufblickt. »Dieses Zeichen, dieser Kreis mit seinen Strichen. Es ist das gleiche wie bei uns!«

- 31 -

Auf dem Straßenmarkt hat sich Alapont ein rot-gelb-violett gestreiftes T-Shirt gekauft, es sind die Farben der spanischen Republik der 1930er-Jahre und Flagge all jener, die gegen König und Monarchie sind. Nicht, dass es eine Undercover-Aktion wäre, trotzdem möchte er sich beim Geheimtreffen von *¡Valencia YA!* etwas anpassen. Nachdem Alapont sich bei seinem Besuch bei *NaTuria* erklärt hatte, wurde er von Miriam und Paco zu einer ihrer Zusammenkünfte eingeladen. Schließlich sei ihre Protestbewegung absolut gewaltfrei und verurteile den Sprengstoffanschlag auf Schärfste, erst recht, nachdem bekannt geworden ist, dass dabei ein kleines Mädchen schwer verletzt wurde. Zudem, so hatte Miriam nach dem Betrachten der Bilder auf Alaponts Handy gemeint, habe sie dieses seltsame Symbol schon mal gesehen. Doch wo?

Um sicherzugehen, dass Alapont trotz seines alternativen T-Shirts nicht gleich auffliegt, hat er Megabyte gefragt, ob er ihn begleiten wolle. Dieser hat keine Sekunde gezögert: Weitere Ermittlungen? Klar! Geil!

»Das ist euer geheimer Treffpunkt?« Der Computerhacker schaut verwundert zur Gründerin der Aktionsgruppe, auch Alapont hat sich soeben diese Frage gestellt.

»Klar, hier fällt eine Gruppe wie die unsere nicht auf. Inmitten all dieser Menschen ...« Studenten, die im Schatten der Pinienbäume zusammensitzen, Eltern mit spielenden Kindern, eine Seniorengruppe, die im Halbkreis ihre Dehnübungen macht, irgendwo zupft jemand auf einer Gitarre rum. Klar, wo besser als im belebten Turia-Park? »Und vergesst nicht, mich Diana zu nennen, niemand in der Gruppe kennt meinen wirklichen Namen.« Sie bleibt stehen und schaut ihre beiden so unterschiedlichen Begleiter an. »Und ihr, welche Kampfnamen wollt ihr verwenden?«

Megabyte zuckt mit den Schultern. Er den seinen. Alapont hingegen überlegt kurz. »Ich werde behaupten, dass ich voll und ganz hinter der Idee von ¡Valencia YA! stehe und daher auch mit meinem echten Namen angesprochen werden möchte. Vicente.«

Nach einem kurzen Spaziergang durch den Park bleibt Miriam vor einem der hölzernen Picknick-Tische stehen, die über die ganze Anlage verteilt sind. »Hallo, Leute! Ich habe zwei Freunde mitgebracht, die bei uns mitmachen wollen.«

Die fünf, die dasitzen, rutschen auf den beiden Bänken zusammen, um den Neuankömmlingen Platz zu machen. Alapont setzt sich zu einem Mann, der nicht viel älter als er selbst ist, Megabyte nimmt neben einem hageren, skeptisch dreinschauenden Typen Platz.

»Das sind Lulú, Berto, Carol ...«, Miriam, die jetzt

Diana heißt, stellt die Runde vor, »... sowie Fito und Airón.«

»Und das ist Vicente, ein guter Freund.« Als Geste des Vertrauens legt Diana ihre Hand auf Alaponts Unterarm. »Er will unbedingt was tun.«

Das ist sein Stichwort! »Ich habe zwei erwachsene Kinder, die etwa in eurem Alter sind. Wenn unsere kapitalistische Gesellschaft so weitermacht, dann werden meine Kids, dann werdet ihr es verschissen haben, wenn ihr in meinem Alter sein werdet.« Er blickt kollegial zu Berto. »Ich meine, wenn ihr so alt seid wie wir beide hier.«

»Vicente hat recht!« Sein gleichaltriger Tischnachbar nickt einverständlich. »Ich mache mir vor allem Sorgen um meine Enkelkinder! Was für Luft werden sie einatmen, was für Wasser sollen diese trinken, wenn sie mal erwachsen sind?«

»Genau deshalb müssen wir etwas tun, jetzt, wo das *World Water Council* nach Valencia kommt!« Airón hat sich zu Wort gemeldet, er ist aufgebracht. »Etwas Krasses, etwas Medienwirksames wie das Dynamit auf der Plaza del Negrito!«

Unruhe kommt auf, Murmeln und Kopfschütteln. Etwas aggressiver dürfte *¡Valencia YA!* durchaus auftreten, aber Opfer wie das kleine Mädchen? Auf keinen Fall!

»Etwas ohne Kollateralschäden und das trotzdem für Aufsehen sorgen soll?« Megabyte meldet sich mit einem konspirativen Blick rüber zum Typen, der unter Strom zu stehen scheint. »Ich hätte da so ein paar Ideen!«

- 32 -

Alapont fährt mit seinem Taxi durch die Straßen von Valencia, das republikanische T-Shirt liegt zerknüllt im Kofferraum. Seine Gedanken kehren immer wieder zum Treffen mit den Aktivisten im Flusspark zurück. Es ist eine seltsame Handvoll an Idealisten und Weltverbesserern, die Miriam um sich geschart hat, lange haben sie darüber diskutiert, was man anlässlich des internationalen Wasserkongresses unternehmen könnte. Soll man sich dem großen Demonstrationszug, zu welchem nationale Organisationen aufgerufen haben, anschließen? Oder möchte man etwas Eigenes auf die Beine stellen, eine Sitzblockade zum Beispiel? Als dann Megabyte seine Ideen erläuterte, fanden diese sofort Zustimmung. »Kriegst du das hin?«, fragten alle. »Klar, das ist ein Kinderspiel«, antwortete der Computerhacker.

Alapont wundert es, dass er von seinem jungen tätowierten Kollegen seit der Aktivistenversammlung nichts gehört hat, also wählt er dessen Handynummer.

»Alapont, was geht ab?«

»Das frage ich dich.«

»Ja, äh, wir sind noch etwas weitergezogen und haben bis spät in die Nacht über Ideen und Aktionen diskutiert.« Megabyte druckst rum. »Die Frau ist etwas älter als ich, aber voll gut und krass drauf.«

»Wer?«

»Na, Carol!«

»Die mit dem halb rasierten Kopf?«

»Ja klar, wer sonst. Wir haben uns lange über Aktionsmöglichkeiten unterhalten. Über das, was ziviler Ungehorsam bringt.«

»Ich dachte, du würdest dich an diesen Airón dranhängen und versuchen herauszufinden, ob er wirklich die Tätowierung hat, an welche sich Miriam zu erinnern glaubt.« Alaponts Stimme klingt plötzlich streng, doch das will er nicht, also versucht er es mit einem scherzhaft-kollegialen »so unter Tattoo-Bros ...«

Es dauert ein paar Sekunden, bis Megabyte antwortet, jetzt ist er es, der gereizt klingt. »Alapont, komm schon, so ein Spruch ist nicht deine Art.« Stimmt, offensichtlich kennt der junge Taxifahrer seinen älteren Kollegen besser, als dieser gedacht hat.

»Verzeihung! Ich hatte gehofft, dieser Airón könnte eine Spur sein.«

»Wir haben lange über diesen Typen gesprochen.« Megabyte klingt wieder locker. »Carol hat mich überzeugt, dass er zwar ein seltsamer Kerl ist, eine Art ›lonely wolf‹, aber im Grunde ist er ganz okay.«

Vielleicht hat Megabyte recht? Mag sein, dass es sich um einen komischen Vogel handelt, um einen Einzelgänger, aber das ist noch lange kein Grund, jemanden zu verdächtigen. Wäre da nicht Miriams Behauptung des Tattoos ...

»Danke, Kumpel, dass du mitgekommen bist.« Immer, wenn Alapont eine Spur verliert, ist er etwas enttäuscht, dabei sollte er längst wissen, dass dies Teil des Jobs als Ermittler ist. »Ich lade dich dafür wieder zum Mittagessen ein, einverstanden?« Alapont kappt die Verbindung. Mist, er hatte wirklich auf mehr Resultate gehofft. In diesem Moment summt sein Mobiltelefon und meldet den Eingang einer *WhatsApp*-Nachricht. Während er mit der Linken das Steuer in der Hand hält, zieht er mit der Rechten das Handy aus dem Halter. Das Bild und die Sprachnachricht sind von Megabyte, mit einem Fingertipp öffnet er diese. »Ich habe ein Foto gemacht, als Airón mit seinem Kastenwagen davongefahren ist.«

Sofort ist Alapont wieder guter Laune. Obwohl unscharf, lässt sich die Kfz-Nummer bestens lesen.

- 33 -

Sich bei Ermittlungen auf eine einzige Spur zu konzentrieren, und mag diese noch so heiß sein, ist nicht professionell. Wie oft hat sich eine solche als Sackgasse erwiesen? Genau aus diesem Grund möchte Alapont andere Verdachtsmomente nicht ausschließen. Vielleicht hatten Jesús Roldaño und der Sicherheitchef der Wasserwerke recht, vielleicht besteht eine Verbindung zu seinem Fall? Und wenn er sich noch etwas dazuverdienen kann, warum nicht?

Lange hatte Alapont auf die Frau am anderen Ende der Telefonleitung eingeredet, ohne Erfolg. Nein, sie sehe keinen Grund, sich mit ihm zu treffen. Also entschied er sich, härtere Saiten aufzuziehen und ihr zu drohen. Er würde, sollte kein Gespräch unter vier Augen möglich sein, zu seinen ehemaligen Kollegen bei der *Policía Nacional* gehen und diese über seinen Verdacht informieren. Hörbar verärgert hat die junge Frau schließlich zugesagt und ihm ihre Anschrift per *WhatsApp* durchgegeben.

Langsam rollt Alapont durch die Wohnsiedlung in Godella, eine jener anonymen Überbauungen, wie sie in der Peripherie der großen Städte zu finden sind. Ein Reihenhaus nach dem anderen, alle zum Verwechseln ähnlich, selbst die Bäume, die in den engen Vorgärten gepflanzt worden sind, schauen alle gleich aus. Als hätte es Mengenrabatt auf Palmen gegeben. Nummer 12, Nummer 14 … Alapont parkt, steigt aus und schaut sich um. Ohne Hausnummern würden auch die Bewohner ihr Heim nicht finden, so uniformiert ist das Ganze. Immer, wenn er in solche Schlafstädte fährt, wird ihm bewusst, wie viel Glück Isabel und er gehabt haben, als sie sich, frisch verheiratet, in der Stadt eine Wohnung haben kaufen können.

Vor der Nummer 16 bleibt er stehen und geht, wie er es immer macht, wenn er vor einer Befragung steht, kurz die wichtigsten Fragen durch, die er beantwortet haben möchte. Dieses Mal ist ihm allerdings nicht klar, ob er Vermutungen bestätigen oder Verdächtigungen ausräumen möchte. Obwohl, er steht ja nicht vor dem Haus einer Verbrecherin, sondern einer jungen Witte, entsprechend soll es auch nicht auf ein Verhör, sondern auf ein Gespräch hinauslaufen. Mal schauen, was geschieht. Er klingelt einmal, zweimal. Die Frau, welche die Tür öffnet und ihn skeptisch anschaut, sieht anders aus als jene, die er auf Fotos in der Presse und in der Polizeiakte gesehen hat. Sie hat sich, so fällt es ihm auf, die Haare kurz geschnitten. »*Buenos días.* Darf ich eintreten?«

Luz-Maria nickt, lässt den unerwünschten Gast ein und führt diesen ins Wohnzimmer. »Das ist Carmen, meine Schwiegermutter, dies sind meine beiden Schwägerinnen, und das ist Cousin Carlos.« Schweigend mustern sie Alapont, der sich vorkommt, als würde er vor einem Erschießungskommando stehen.

»Gerne möchte ich euch mein Beileid aussprechen. Was José-Luis geschehen ist, ist eine absolute Ungerechtigkeit.« Weder die freundschaftliche Du-Ansprache noch das Gesagte scheinen Wirkung zu zeigen, die Familie des Mannes, der die Ermittlungen gegen die Wasserwerke ins Rollen gebracht hatte und dem nachträglichen Druck nicht standhalten konnte, blickt ihn weiter mit finsteren Mienen an.

»Setz dich.« Das Angebot Luz-Marias klingt nicht wie eine Einladung, vielmehr ist es eine Aufforderung. Alapont tut wie geheißen und versucht es mit einem Lächeln. Dieses misslingt, hatte er doch gedacht, er würde sich mit der Frau allein und in aller Ruhe unterhalten können.

»Ich war mal Inspektor bei der *Policía Nacional,* habe den Job jedoch vor ein paar Jahren an den Nagel gehängt.« Mal schauen, ob er die Drohung am Telefon wiedergutmachen, Luz-María beschwichtigen und den Zugang zu diesen Leuten finden kann. »Ein Freund, der Mitglied des *Tribunals de las Aguas* ist, hat mich gebeten herauszufinden, wer hinter einem Vandalenakt bei ihnen steckt.« Vandalismus, denkt er in diesem Moment, klingt nach brennenden Müllcontainern und eingeschlagenen Schaufenstern, also gilt es abzuschwächen. »Ich meine, es waren ein paar Schmierereien, nicht viel mehr.«

»Und das willst du meiner Schwiegertochter anhängen?« Das Du, das Carmen verwendet, klingt nicht kollegial, sondern vorwurfsvoll. »Deshalb bist du hier?«

Alapont entscheidet, die Karten auf den Tisch zu legen. Und so erzählt er von seinen Ermittlungen und von den verschiedenen Spuren, denen er nachgehen muss. »Muss«

tönt besser als »will«, »möchte« klingt so, als würde er dazu gezwungen. Da er offen und ehrlich sein will, erzählt er auch von seinem Treffen mit dem Sicherheitschef von *Valagua* und den Droh- und Erpresserbriefen, die mit »JLP« gezeichnet sind. »Seit eurer Tomatenattacke auf die Bürgermeisterin ist klar, dass dies die Initialen von José-Luis Prats sind.«

»Selbstverständlich ist dies der Name meines Mannes. Er war es und er ist es immer noch!« Luz-María ist aufgesprungen und lässt ihrer Wut freien Lauf. »Weshalb ist Milanés wieder auf freiem Fuß? Das Schwein hat gerade die Hälfte seiner Haftstrafe abgesessen, dabei sollte er im Knast verrecken!«

Nicht nur ihr kullert eine Träne über die Wange, auch die anderen Frauen haben Wasser in den Augen. Das ist gut, denkt sich Alapont. Wenn aus Hass Trauer wird, kann man besser miteinander reden. Empathie, und die empfindet er für die Hinterbliebenen von José-Luis Prats, funktioniert bei hasserfüllten Menschen nicht. »Was glaubt ihr, wie oft ich Verbrecher überführt habe, die von den Gerichten freigesprochen worden sind?« Eine rhetorische Frage, mit welcher er Luz-María und ihre Familie für sich gewinnen möchte. Dass dies funktioniert, wird Alapont klar, als ihm eine der Schwägerinnen etwas zu trinken anbietet.

Als Alapont die Reihenhaussiedlung verlässt, um nach Valencia zurückzukehren, ist er froh, Taxifahrer und nicht Inspektor zu sein. Denn als solcher müsste er über das Gespräch von soeben einen Rapport verfassen und der Staatsanwaltschaft zustellen. Aber er ist ja, Gott sei Dank, kein Polizeibeamter mehr.

»Ich bin's.« Alapont nutzt den Stau, der sich beim Reinfahren in die Stadt gebildet hat, um den Sicherheitschef von *Valagua* anzurufen. »Ich habe mit der Witwe gesprochen, konnte aber nichts herausfinden, was ihr nicht schon wisst. Keine stichhaltigen Beweise!«

Der Mann am anderen Ende der Leitung klingt nicht zufrieden.

»Sie hat mir ihre Beweggründe für die Tomatenattacke auf die Bürgermeisterin und euren Generaldirektor geschildert, mehr war aber aus der Frau nicht herauszuholen. Es tut mir leid!«

Da ist einerseits ein millionenschweres Unternehmen, dessen korrupter und verurteilter Ex-Direktor bereits wieder auf freiem Fuß ist, dort die Familie eines Mitarbeiters, der durch diese Firma in den Freitod getrieben worden ist und die zusammenhält wie Pech und Schwefel. Alapont war lange Polizist, arbeitet als Taxifahrer und verdient sich als Privatdetektiv einen Heller und einen Batzen dazu, doch er, Vicente, ist als Allererstes ein Familienmensch, für den es nichts Wichtigeres gibt als die Seinen. Nur selbstverständlich, dass er auf der Seite von Luz-María und ihrer Familie ist.

- 34 -

»V.A.« ist in großen, weißen Lettern auf den Straßenbelag gemalt, *Vehículos Autorizados*. Alaponts Taxi ist kein bewilligtes Fahrzeug, trotzdem stellt er dieses auf eines der Parkfelder, welche für die Dienstwagen der Polizei reserviert sind. Es wird sich schon niemand beschweren, und sonst hat er ja beste Kontakte. Anstatt in die *Jefatura Superior de Policía Nacional* zu gehen, überquert er die Straße und tritt in die inoffizielle Kantine der Polizeizentrale, die *Taberna de Pablo*. Hier drin spielt der Dienstrang keine Rolle, hier drin sind alle lediglich Kolleginnen und Kollegen, die vor oder nach der Schicht für ein Bierchen und eine Tapa zusammensitzen. Alapont gehört, selbst als Zivilist, weiterhin zu den Stammgästen.

Inspektor García isst gerade sein Lieblingssandwich, als Alapont vor ihn tritt. Er mag es ganz und gar nicht, während des Essens gestört zu werden. Selbst wenn gleich ein Meteorit einschlagen würde, würde er zuerst in aller Seelenruhe fertigspeisen. »Vicente, was ist so dringend?«

»Ich sollte den Halter einer Kfz-Nummer feststellen.«

»Dafür hättest du mich nur anrufen müssen.« Der Inspektor klopft auf den Tisch. »Komm, bestell dir was.«

»Es ist nicht irgendeine Nummer.« Alapont spricht leise, niemand soll ihn hören. »Es könnte mit der Bombe in der Altstadt zu tun haben.«

Inspektor García horcht auf. »Kollegin Sabater leitet den Fall.« Nach dem Tod des Mädchens ist jetzt das Ganze eine Angelegenheit der Mordkommission. Und trotzdem: Er ist am Essen. »Vicente, du machst mich ganz nervös. Setz dich endlich hin!«

Als die beiden nach einer halben Stunde in Fernando Garcías Büro kommen, hat nicht nur dieser sein Brot gegessen, auch Alapont hat sich eine Tapa und ein Radler genehmigt. Dem Inspektor hat er bisher nicht viel über seine neuesten Erkenntnisse erzählt, was Alapont nachholt und vom geheimnisvollen Oval mit den Strichen berichtet.

García hört ihm aufmerksam zu und nickt immer wieder, gleichzeitig loggt er sich beim Straßenverkehrsamt ein. »Da, schau!« Er dreht den Bildschirm, damit beide darauf blicken können. »Die Nummer des Ford Transit gehört zu einem Blasco Colóm Ruíz, Jahrgang 1987, gemeldet an der Carretera del Río Nummer 245.«

Seit Alapont zur Gilde der Taxifahrer gehört, kennt er seine Heimatstadt noch besser, als er als Polizist getan hat. »Das ist die Straße, die zum Kreisel gegenüber der Klär-anlage führt.«

»Was du nicht sagst ...«, scherzt der Inspektor, »... aber lass mich mal schauen, was wir über diesen Blasco im System haben?« Es ist, wie er beim Durchlesen der Perso-nendaten feststellt, nicht wenig: mehrere Anzeigen wegen

Drogenbesitzes, Trunkenheit am Steuer sowie leichten Körperverletzungen. »Der Typ scheint kein Unschuldslamm zu sein. Hier schau, er saß drei Jahre wegen illegaler Bohrungen.«

»Weshalb?« Alapont ist hellhörig geworden.

»Dieser Blasco hat in halb Spanien Bewässerungsbrunnen für die Landwirte gebaut. Alles ohne Bewilligungen, alles am Fiskus vorbei. Bis ihm die Kollegen der *Guardia Civil* das Handwerk gelegt haben.« Murmelnd liest Fernando García weiter und ergänzt dann: »Seit etwas über einem Jahr ist er wieder draußen.«

Den letzten Satz hat Alapont gar nicht mehr mitbekommen, er ist beim Tatbestand der Verurteilung hängen geblieben: illegales Bohren nach Grundwasser. In seinem Kopf rattert es. Wasser? Brunnen? Könnte da ein Bezug zum Wassergericht bestehen? Und zur *Fuente del Negrito*?

- 35 -

¡ASESINOS! Große, fette Lettern prangen auf der Titelseite der *Las Provincias*. War die Empörung nach dem Bombenanschlag bei den Einwohnern Valencias groß, so ist sie jetzt blankem Entsetzen gewichen. Das kleine unschuldige Mädchen ist seinen Verletzungen erlegen.

Selbstverständlich braucht es ein aggressives Vorgehen, um die Menschen wachzurütteln, auch muss man für diesen Weckruf der Gesellschaft Opfer erbringen, aber Blasco hat immer darauf geachtet, dass keine Menschen zu Schaden kommen. Schließlich hat ihn sein Großvater gelehrt, dass der Klassenkampf nie ein Menschenleben fordern darf.

»Ich gehe nicht in den Knast!« Blasco brüllt seine Verzweiflung und seinen Ärger von der Seele, hören tut ihn niemand, er steht mit seinem Ford Transit weitab jeglicher Zivilisation. »Nicht wieder! Nur über meine Leiche!« Dass durch die Wucht der Detonation Fensterscheiben zu Bruch gehen könnten, damit hatte er gerechnet, nicht jedoch, dass die Glassplitter ein kleines Mädchen töten würden. Ohne es zu wollen, ist er selbst zum Mörder, zum *asesino* geworden.

Panik steigt in ihm auf. Was ist, wenn das Zeichen, das er auf der Plaza del Negrito auf den Boden gemalt hat, ihn verrät? Blasco wird bewusst, dass er mit dem tödlichen Sprengstoffanschlag ungewollt eine rote Linie überschritten hat, bei welcher es kein Zurück mehr gibt. Ungewollt? War das wirklich ungewollt? Oder hat ihn sein Lebensweg bis hierher gebracht? Schließlich nennt er sich nicht ohne Grund Airón, der altiberische Gott der *pozas,* der Wasserlöcher, schenkte den Menschen das lebenswichtige Nass. So wie auch er es mit seinen Brunnenbohrungen gemacht hat. Airón war aber auch Gottheit des Todes, er konnte Männer, Frauen und Kinder mit sich in die Tiefe seiner Gewässer reißen.

Blasco kann in diesem Moment nicht mehr klar denken, in seinem Kopf dreht sich alles. Wie viel Blasco steckt noch in ihm? Wie viel Airón will er in Zukunft sein? Um sich dessen klar zu werden, braucht er Ruhe, und die findet er nur in seinem Refugium, dort, wo er mit sich und der Natur im Einklang ist. Also setzt er sich in seinen Wagen und fährt los.

- 36 -

Gleich nach dem Aufstehen hat sich Alapont an seinen Laptop gesetzt und im Internet nach Informationen zum Begriff »Airón« gesucht. Viel hat er nicht gefunden, außer eben, dass es sich um die altertümliche Gottheit der *pozas* handelt, den Wasserlöchern, die aussehen wie Kraterseen. Kein schlechtes Pseudonym für einen, der seinen Lebensunterhalt mit dem Bohren von Brunnenschächten verdient hat. Nur, all die Vorstrafen, der Gefängnisaufenthalt sowie der Tarnname sind keine Beweise dafür, dass Blasco hinter dem Einbruch im Wassergericht und dem Bombenanschlag auf der Plaza del Negrito steckt. Sollte sich herausstellen, dass er wirklich ein Tattoo trägt, das dem Symbol der Attentate ähnlich ist, wäre dies nur ein Indiz mehr. Trotzdem oder gerade deshalb entscheidet sich Alapont, mehr über Blasco Colóm herauszufinden. Doch: wo anfangen? Die Antwort: mit der Anschrift, die ihm Inspektor Garcia gegeben hat. Also ruft Alapont die Webseite des Katasteramtes auf, zoomt auf der digitalen Landkarte die entsprechende Adresse an und lädt sich mit einem Klick das PDF mit den öffentlich zugänglichen Daten runter: Referenznummer, Gesamtfläche sowie Baujahr 1948.

Sein Ziel ist das Ende der Carretera del Río, welche durch die halb bestellten Felder im Süden der Stadt führt, dort, wo er sich vor ein paar Tagen mit dem alten Bauern unterhalten hat. Auf der Höhe der gesuchten Hausnummer parkt Alapont, steigt aus und blickt um sich. Zwei Dutzend ein- und zweigeschossige Häuser säumen die Straße. Einige machen einen gepflegten Eindruck, die meisten scheinen unbewohnt zu sein. Auch die gesuchte Nummer 245 sieht verlassen und verrammelt aus. 1948, denkt sich Alapont, muss dies ein einfaches, aber ansehnliches Gebäude gewesen sein, heute nagt der Zahn der Zeit an der Fassade.

»Seitdem der Besitzer verstorben ist, steht das Haus leer. Niemand kümmert sich darum. Wie schade!«

Alapont dreht sich überrascht um, er hat die alte Frau neben sich nicht aus ihrem Haus hinter ihm kommen hören. »¡Que pena!«, wiederholt er und blickt in ein Gesicht voller Falten und traurige Augen.

»Früher, bevor der Kanal gebaut wurde, war dies die wichtigste Straße runter an die Küste und zu den Reisfeldern.« Die Señora blickt zum Unbekannten auf, der sicher zwei Kopf größer ist als sie, und sucht in ihm nach Verständnis. »Und seitdem man uns die Kläranlage vor die Nase gestellt hat, ist hier sowieso nichts mehr zu wollen. Wer will neben einer Kloake leben?«

»Und Sie?« Alapont geht leicht in die Knie, um sich mit der Frau zu unterhalten.

»Ach, wir Alten, wo sollen wir denn hin?« Sie zupft an

ihrer Hausschürze herum. »Die Stadt ist so nah, der städtische Linienbus hat hier eine Haltestelle, trotzdem hat man uns hier draußen vergessen.«

»Vergessen?« Alapont weiß nicht, was sie meint.

»Nehmen Sie ihn als Beispiel. Sein Enkel hat von einem Tag auf den anderen aufgehört, ihn zu besuchen. Nicht einmal an seiner Beerdigung ist er erschienen.«

»Verzeihung, von wem sprechen Sie?«

»Na, vom Haus gegenüber. Das, das Sie fotografiert haben. Von Paco.« Ist der Taxifahrer, der neben ihr steht, etwas schwer von Begriff? »Francisco Colóm, wer sonst? Dem Besitzer … Gott habe ihn selig!«

Aha, Francisco Colóm. Jetzt hat er den Namen zum Rest der Katasterdokumente. »Und was ist mit seinem Enkel?«

»Was soll mit dem sein?« Die alte Frau kratzt an einem Fleck ihrer Schürze. »Den habe ich nie mehr gesehen. Dabei war es so ein netter Junge, wenn man bedenkt, wie schwer er es hatte.«

»Wieso?«

»Ach, das ist eine tragische Geschichte …«, fängt sie an, nimmt Alapont bei der Hand und zieht ihn auf einen der alten Stühle, die draußen neben ihrer Haustür stehen. »Also …«

Die gute Frau hat Nachholbedarf in Sachen Klatsch und Tratsch, also fängt sie an zu erzählen, über ihren Nachbarn gegenüber und dessen Enkel Blasco, aber auch über all die anderen Menschen, die hier gelebt haben oder es immer noch tun. Kein Wunder, brummt Alapont der Schädel, als er nach einer Dreiviertelstunde wieder in seinen Wagen steigt.

- 37 -

»Durch geschicktes Nachforschen herausfinden« ist die
Definition von »Ermitteln«, »sich genaue Informationen
und Kenntnisse über jemanden oder etwas zu verschaffen«
steht im Wörterbuch zum Begriff »Nachforschen«. Her-
ausforderungen, die Alapont an seinem Inspektorenjob
gemocht hat und welche er, darüber freut er sich gerade,
als taxifahrender Privatdetektiv annehmen kann. So wie
soeben mit der alten Frau. Was ist Geschwätz und rei-
nes Hörensagen? Was näher an der Wahrheit und somit
nützlich?

Statt in die Stadt zurückzukehren, fährt Alapont nach
Pinedo weiter und parkt vor dem Rathaus der kleinen Ortschaft. Mit einem Satz steigt er die zwei Stufen zum Eingang hoch und tritt in die kleine stickige Amtsstube. Sie
ist verlassen, niemand vor dem Schalter, niemand dahinter.
»¡Buenos días!«, ruft er in den Raum. Eine junge Frau mit
einem Sandwich in der Hand erscheint aus einem Neben-
zimmer. Kauend schaut sie zu dem Mann, der da rumbrüllt,
um danach auf die Wanduhr zu starren. »Ich brauche
Informationen zu einer Katasternummer hier im Dorf.«

Die Beamtin, weiterhin mit vollem Mund, blickt vorwurfsvoll zum Ruhestörer. Stimmt, es ist 10.30 Uhr, Zeit des *almuerzo*.

»Okay, dann gehe auch ich auf einen Kaffee. Soll ich in 20 Minuten wieder hier sein?« Die Frau nickt zögerlich. »Besser eine halbe Stunde?« Jetzt strahlt sie ihn an und versucht es mit einem Lächeln, was ihr, immer noch kauend, nur halbwegs gelingt. Alapont hatte nicht auf die Uhrzeit geachtet, als er das kleine Rathaus betreten hat, dabei weiß jeder in Spanien, dass Mitte Vormittag alle Angestellten, allen voran die Beamten, eine kleine Kaffeepause einlegen.

Also spaziert er zum Meer runter, keine 200 Meter entfernt, und blickt auf die zahlreichen Fracht- und Containerschiffe, die darauf warten, in den Hafen einlaufen zu können. Der Strand von Pinedo ist ebenso breit, der Sand ebenso fein wie jener der Malvarrosa am nördlichen Stadtrand, trotzdem verliert sich kaum ein Tourist hierher. Anstatt draußen an der Sonne Platz zu nehmen, tritt Alapont in das kleine Ecklokal und stellt sich an die Theke, kommt man an dieser am einfachsten mit anderen Gästen ins Gespräch. Er bestellt sich einen Milchkaffee und ein Croissant, welches der Wirt nach ein paar Minuten nachreicht. Schön warm und kross auf der Grillplatte angetoastet. Er nippt an seinem Kaffee und schaut sich um. Nur gerade fünf Personen sitzen im kleinen Lokal, allesamt, so schätzt er, zu jung, um sie zum verstorbenen Besitzer des Hauses aus dem Jahre 1948 zu befragen. Aber nicht zu dessen Enkel, denn die beiden Frauen und die drei Männer sind um die 30, maximal 40 Jahre alt. Alapont winkt dem Wirt zu. »Sind Sie von hier?«

»*Sí*, ich bin aus Pinedo.«

»Kennen Sie vielleicht Blasco Colóm? Er muss in etwa in Ihrem Alter sein.«

Der Mann hinter der Theke blickt den Fremden misstrauisch an.

»Ich bin vom Erbschaftsamt, es geht um das Haus seines Großvaters. Wir haben Señor Colóm mehrmals angeschrieben, aber die Briefe kommen alle zurück.« Dies ist zwar frei erfunden, klingt für eine Notlüge aber recht plausibel. Trotzdem blickt ihn der Wirt weiter argwöhnisch an. Also muss Alapont noch einen drauflegen, weshalb er seine Worte genau wählt und für alle im Raum gut hörbar erklärt: »Ohne eine Antwort wird das Haus zwangsversteigert, das Geld ist dann für uns.« Der Bluff funktioniert, denn kein Spanier, der bei Sinnen ist, würde Vater Staat etwas schenken wollen. Die anderen Gäste haben sich zu ihm umgedreht, auch entgeht Alapont nicht der kurze Blickaustausch zwischen einer der Frauen und demjenigen, der hinter dem Tresen steht. Als hätte er seinen nichtssagenden Kommentar übers Wetter gemacht, isst Alapont in aller Seelenruhe sein Croissant weiter. Mal schauen, wer zuerst reagiert …

»Ich bin mit Blasco zur Schule gegangen.« Die raue, tiefe Stimme passt so gar nicht zur hageren Brünette, die sich gemeldet hat.

»Dann können Sie mir vielleicht weiterhelfen?« Alapont setzt ein Lächeln auf, freundlich, aber nicht zu sehr, so wie man es von einem Beamten des Erbschaftsamtes erwarten kann.

»Kommt darauf an, was Sie wissen wollen. Ich habe …«

Sie schaut zu den anderen und korrigiert sich. »Wir haben Blasco lange nicht mehr bei uns im Dorf gesehen.«

»Na ja, alles, was dienlich wäre, um das mit dem Haus seines Großvaters zu regeln.« Ist ein solcher Kommentar eine Lüge? Oder eine Ermittlungstaktik?

Blascos Klassenkameradin leert ihr Bierglas, steht auf und geht auf Alapont zu. Er erkennt, wie abgemagert die Frau ist, er blickt in ein Gesicht mit tiefen, dunklen Tränensäcken. »Wenn Sie meinen Freunden noch ein Bier spendieren und mich zu einem Whiskey einladen, kann ich Ihnen vielleicht weiterhelfen.« Sie zieht ein zerknautschtes Zigarettenpäckchen aus ihren Jeans. »Ich warte draußen.« Zum zweiten Mal an diesem Tag wird sich Alapont mit einer fremden Frau unterhalten, zum zweiten Mal muss er sich alles anhören, was diese zu sagen hat in der Hoffnung, nützliche Informationen rausfiltern zu können.

Als Alapont ins Rathaus von Pinedo zurückkehrt, steht ein streng dreinblickender Herr mit einer Nickelbrille hinter dem Schalter, dahinter sitzen zwei Bürokräfte an ihren Schreibtischen. Die Sandwich-Esserin von vorher springt auf, geht zu ihrem Kollegen und flüstert ihm etwas ins Ohr. Danach zwinkert sie Alapont zu und setzt sich wieder hin.

»Meine Kollegin sagt, Sie würden sich kennen.« Der Schalterbeamte hat sich entspannt. »Wie kann ich Ihnen helfen?«

- 38 -

Als Alapont in sein Taxi steigt, ist er zufrieden, hat er an diesem Vormittag doch neue und wichtige Erkenntnisse gewonnen. Blascos einstige Mitschülerin mag zwar ein Alkoholproblem haben, trotzdem hat sie ihm geholfen, sich ein Bild des Colóm-Enkels zu machen. Dabei hat sie Dinge bestätigt und ergänzt, von denen die alte Nachbarin bereits erzählt hatte. Und wenn zwei unabhängige Quellen das Gleiche sagen, dann werden aus Geschichten Sachverhalte, wie etwa die Tatsache, dass Blascos Eltern bei einem Verkehrsunfall ertrunken sind, als der Junge gerade mal 13 gewesen ist. Oder dass er an der Beerdigung seines Großvaters, der ihn großgezogen hatte, nicht teilgenommen hat. Im Gegensatz zur alten Frau wusste die einstige Klassenkameradin auch weshalb: Er saß in Picassent im Gefängnis und bekam keinen Hafturlaub, was sie von einem Häftling aus dem gleichen Zellenblock wusste.

Bevor Alapont seinen Wagen startet, blättert er die Papiere durch, die er in der Gemeindeverwaltung erhalten hat. Einmal mehr haben sich Beharrlichkeit und Geduld ausgezeichnet, vor allem letzteres. Hätte er bei seinem ersten Besuch im Rathaus darauf bestanden, gleich bedient zu werden, hätten ihm die Verwaltungsangestellten nie und nimmer all die Informationen herausgegeben, die er nun in den Händen hält. Doch da er ihre Kaffeepause respektiert hat, hat ihm der Herr mit der Nickelbrille sämtliche Katasterinformationen zur Carretera del Río 245 ausgedruckt und ihm danach den Weg ins Gemeindearchiv im Kellergeschoss gewiesen, welches man ohne Voranmeldung nicht besuchen kann.

Der fensterlose Raum war nicht besonders groß, aber bis unter die Decke voll mit Archivschachteln, zu Büchern gebundenen Protokollen und in Leder gefassten Dokumenten. Wie zum Teufel soll er hier etwas über Francisco Colóm, den Hausbesitzer und Großvater, finden? Als hätte ihn Gott erhöht, erscheint Maria-José, die Amtskraft von oben, und erkennt gleich Alaponts ratlose Miene. »Auch ich bin erschrocken, als ich zum ersten Mal hier runtergekommen bin. Aber die Ablage hat ein System ...« Sie setzt sich an einen Computer, der ganz hinten im Raum steht, und startet diesen. »Die hier aufbewahrten Dokumente sind nicht digitalisiert, das Ablage- und Sachregister hingegen schon. Was genau suchen Sie?«

Zufrieden legt Alapont den Stapel Papier auf den Beifahrersitz und macht sich auf den Weg zurück in die Stadt, schließlich muss er ja noch etwas arbeiten und Leute von A nach B chauffieren. Immer wieder schweift sein Blick zu den Ausdrucken und Kopien neben ihm. Die zornigen Briefe, die Francisco Colóm über die Jahre an den Bürgermeister von Pinedo geschickt hat, scheinen ihm besonders aufschlussreich. Die einen Schreiben haben

mit dem *Plan Sur* zu tun, dem Bau des Turia-Kanals entlang der südlichen Stadtgrenze in den 1960er-Jahren, für
welchen man ihm einen Großteil seiner Gemüsefelder
enteignet hatte. Die anderen datierten aus der Zeit, als
gleich neben seinem Zuhause die Kläranlage der Stadt in
Betrieb genommen wurde. Nicht nur er, auch die anderen
Anwohner hatten sich darüber beschwert, dass ihre Häuser damit praktisch unbewohnbar und wertlos würden.
Aus diesen Dokumenten wurde ebenfalls klar, dass sich
Francisco Colóm beim Ministerium in Madrid beschwert
hatte, gleich wie beim *Tribunal de las Aguas*, schließlich
habe man ihm immer wieder die Wasserzufuhr für seine
noch übrig gebliebenen Felder gekappt. Dies alles geschah,
als Spanien noch eine Diktatur und die Modernisierung
des Landes wichtiger war als die Rechte eines einfachen
Gemüsebauern.

Gleich nach der Stadtgrenze gerät Alapont in einen Stau,
also nutzt der den stehenden Verkehr, um seine Gedanken zu sammeln und für sich ein Fazit zu ziehen. Erstens:
Die ganzen Dinge, die er heute erfahren hat, können gute
Beweggründe für Blascos Hass gegenüber der Obrigkeit
sein. Diese hat ihm seine Lebensgrundlage geraubt, ihn
ins Gefängnis gesteckt und nicht erlaubt, sich von seinem Großvater zu verabschieden. Zweitens: Blasco hegt
einen tiefen Groll gegen alle Institutionen, die mit Wasser
zu tun haben. Vom Innenministerium in Madrid über die
städtischen Versorgungsbetriebe, welche die Kläranlage
betreiben, bis zum *Tribunal de las Aguas*. Drittens: Ein
Motiv zu haben ist noch lange kein Beweis für eine Straf-
tat, aber eine gute Grundlage, um sich bei seinen Ermitt-

lungen auf diesen Airón zu konzentrieren. Und viertens: Warum geht es nicht vorwärts?

Tatsächlich steht der Verkehr um ihn herum still, immer mehr genervte Autofahrer hupen. Nichts geht mehr, die Ampeln stehen auf Rot, und zwar alle! Dass gelegentlich eine Signalanlage ausfällt, kann ja vorkommen, aber dass alle gleichzeitig nicht funktionieren, ist seltsam. Er dreht den Taxifunk auf und erfährt, dass in der ganzen Stadt der Verkehr zum Erliegen gekommen ist.

Alapont schaut hoch zu einer der Verkehrsleittafeln und reibt sich die Augen. Kann das sein? Wo normalerweise Hinweise zur Anschnallpflicht, Wetterlage oder Asphalterneuerungen in digitalen Leuchtbuchstaben durchlaufen, liest er »Ohne Wasser keine Zukunft« oder »Valencia aufwachen ¡YA!«. Genau diesen Hackerangriff auf den Server der Lokalpolizei hatte Megabyte anlässlich des Treffens der Aktionsgruppe vorgeschlagen – und jetzt offenbar in die Tat umgesetzt.

- 39 -

Der Verkehr um Alapont herum ist das absolute Chaos, überall stehen die Ampeln weiterhin auf Rot. Gute Gelegenheit, Inspektor García anzurufen. »Fernando, ich muss dringend mit dir reden. Wo bist du?«

»Ich bin soeben mit Kollegin Sabater zu einer Zeugenbefragung im Ruzafa-Bezirk unterwegs, aber wir stecken im Stau. Das Verkehrsleitsystem wurde gehackt.«

»Ja, ich weiß.«

»Du weißt was?« Inspektorin Sabater fragt über die Freisprechanlage nach.

»Ach, nichts.« Alapont ist sich sicher, dass Megabyte hinter dem Ganzen steckt. »Ich muss wegen des Negrito-Anschlags mit euch sprechen. Ich habe einen Verdächtigen ausmachen können.«

In diesem Moment fangen die Lichtsignale wieder an zu funktionieren. »Vicente, der Verkehr kommt wieder ins Rollen«, bestätigt García übers Handy. »Kannst du ins Ruzafa-Viertel kommen? Ich weiß nicht, wie lange die Befragung dort dauern wird.«

»*¡De acuerdo!* Einverstanden.« Auch bei Alapont geht

es wieder weiter, allerdings nur im Schritttempo. »Wo müsst ihr hin? Wo wollen wir uns treffen?«

»Wir müssen zur Markthalle«, antwortet Inspektorin Sabater.

»Warum sehen wir uns nicht bei Mariano? Der ist ja genau gegenüber.« Fernando García wäre nicht er selbst, wenn er nicht einen Treffpunkt vorschlagen würde, an welchem es etwas Leckeres zu essen gibt. Tatsächlich sind Marianos *buñelos* die besten der Stadt, er bereitet den Kürbis- und Hefeteig jeden Tag frisch zu, taucht immer nur so viele Teigkringel wie gerade bestellt ins siedend heiße Öl, tropft sie vorsichtig ab und bestreut sie mit reichlich Zucker. Auf Wunsch träufelt Mariano auch etwas Anislikör darüber.

Als Alapont das kleine Ecklokal erreicht, sitzen die beiden Inspektoren bereits an einem der Tische, die auf den Bürgersteig rausgestellt sind. Fernando García ist dabei, einen Krapfen in eine Tasse mit heißer dickflüssiger Schokolade zu tunken. Kollegin Sabater steht auf, um Alapont mit zwei Wangenküssen zu begrüßen und ihm einen Platz anzubieten. Die Befragung lief, so macht es den Anschein, schneller ab als gedacht.

»Ich komme soeben aus Pinedo, wo ich die Anschrift überprüft habe, die du mir, Fernando, gegeben hast.« Alapont greift sich einen der *buñelos*, die auf dem Tisch stehen. Mann, sind die lecker! »Ich habe mit verschiedenen Personen gesprochen und im Archiv der Gemeinde interessante Dokumente gefunden. Für mich ist dieser Blasco der Hauptverdächtige.«

Inspektor García schaut seinen Kumpel ernst an. »Wie kommst du darauf?«

»Die große Flut von 1957, die Kläranlage, seine Eltern, die bei einem Unfall ertrunken sind, das Begräbnis des Großvaters, für welches er keinen Hafturlaub bekommen hat …« Alapont erkennt an den Gesichtern der beiden Inspektoren, die ihn fragend anschauen, dass er viel zu berichten, trotzdem keinen richtigen Satz formuliert hat. Also fängt er nochmals an und beschreibt das nicht gerade leichte Leben von Blasco Colóm inklusive des Treffens bei der Aktionsgruppe. »Wenn dies kein Grund ist, sauer zu sein …«

»Was meinst du mit sauer?« Inspektorin Sabater will es genau wissen.

»Überschwemmung und Unfall, Wasser, in welcher Form auch immer, hat diesem Blasco seine Familie geraubt. Das illegale Graben von Brunnenschächten hat ihn ins Gefängnis gebracht, wobei sie ihm auch nicht erlaubt haben, sich von seinem Opa zu verabschieden. Andere Häftlinge radikalisieren sich im Knast im religiösen Sinne, für ihn ist jeder, der im Entferntesten mit Wasser zu tun hat, schuld am Tod seiner Angehörigen.«

»Bist du dir sicher?« Die beiden Inspektoren haben Alapont gebannt zugehört, die leckeren Krapfen vor ihnen ganz vergessen.

»Ihr wisst, absolut sicher kann man nie sein!« Alapont schüttelt den Kopf. »Es könnte aber auch sein, dass Wasser aufgrund seiner Vorgeschichte und seiner Arbeit als Brunnenbauer zu einer Besessenheit geworden ist, eine Zwangsneurose, die ihn dazu gebracht hat, sich mit der altiberischen Gottheit zu identifizieren und sich Airón zu nennen.« Alapont reißt ein Zuckertütchen auf, streut den Inhalt auf den Tisch und zeichnet mit dem Finger ein Oval sowie ein paar Linien rein, die oben und unten rausschauen.

»Das sieht genauso aus wie die Sprayerei, die wir beim Negrito-Brunnen gefunden haben!« Nuria Sabater schaut mit großen Augen auf die Zuckerzeichnung.

- 40 -

Kurz nach dem Treffen im Ruzafa-Bezirk haben die beiden Inspektoren Blasco Colóm zur Fahndung ausgeschrieben, auch die Kfz-Nummer seines Wagens ist im Suchsystem eingegeben. Alapont fühlt sich befreit, leicht und zufrieden. Sein Ermittlungsauftrag bestand darin herauszufinden, wer hinter der Attacke auf das Wassergericht steckt. Dass der Gesuchte der Übeltäter ist, sagen ihm nicht nur seine Erfahrung, sondern auch die zahlreichen Indizien, die er im Verlauf seiner Nachforschungen zusammengetragen hat. Airón dingfest zu machen, gerade nach dem Tod des kleinen Mädchens, ist jedoch Sache der *Policía Nacional*. Er hat jedenfalls seinen Job erledigt.

Gut gelaunt und etwas überdreht hat er sich umgezogen und verbindet sich gerade die Hände, um mit voller Kraft auf die *pelota* einschlagen zu können. Schließlich rückt das Freundschaftsturnier der alten Größen immer näher.

»Verzeihung für die Verspätung, *amigo mío*.« Federico Torres tritt gestresst in die Umkleidekabine. »Aber mit dem *Word Water Council* ist bei uns in der Redaktion die Hölle los.«

Alapont, der tiefenentspannt wie selten ist, winkt ab. »Mich hat es überrascht, dass du überhaupt Zeit gefunden hast, um zu kommen.«

»Ich muss dringend abschalten, sonst dreh ich durch.« Der rasende Chefreporter seufzt. »Die kommenden Tage werden die Hölle sein.«

Ohne einen weiteren Kommentar treten die beiden Freunde in die Spielhalle. Heute haben sie keine Trainingspartner, keinen ermüdenden Wettkampf gegen jüngere Spieler wie beim letzten Mal, heute werden sie sich den kleinen runden Lederball selbst zuspielen. Entspannt und locker.

»Vicente, hast du mit den Fotos, die ich dir geschickt habe, was anfangen können?« Federico schlägt auf.

Mist, denkt sich Alapont und retourniert den Ball. Mit den Bildern des Bombenanschlags haben seine Ermittlungen einen ganz neuen Drive bekommen, sodass er gar nicht dazugekommen ist, sich zu bedanken. »Und wie. Ich schulde dir einen Gefallen.«

»Ach was! *¡Somos amigos!*« Trotzdem haut Fede mit voller Kraft und in hohem Bogen den Ball zurück. »Eins zu null für mich!«

Nach einer halben Stunde und bei Gleichstand winkt der Journalist ab. »Das Ding hört nicht auf zu vibrieren!« Er schaut seinen Spielpartner entschuldigend an und greift zu seinem Mobiltelefon, das am Boden liegt. »Sieben verpasste Anrufe und Sprachnachrichten. Mal schauen, was da los ist.«

Kein Problem für Alapont, er hat Zeit.

»Die Polizei fahndet nach dem Urheber des Bombenanschlages, bei welchem das kleine Mädchen getötet worden ist.« Fede hat das Handy wieder zur Seite gelegt, bereit, das Training weiterzuführen.

»Ich weiß«, antwortet Alapont unbeeindruckt und wirft den kleinen Ball zwischen seinen Händen lässig hin und her.

»Was sagst du da?« Fedes Frage hallt durch die hohe Spielhalle. »Du weißt was?«

»Eure Fotos des Tatortes waren entscheidend.« Alapont setzt sich auf die Spielerbank und fängt an, seinem Freund alle Details seiner Ermittlungen zu erzählen, bis hin zum Treffen mit den beiden Inspektoren und der Fahndung nach Blasco Colóm alias Airón. »Ich dachte, ihr hättet mit dem UNO-Generalsekretär und dem Kongress schon genug zu tun.«

Sein Gegenüber schaut ihn streng an. Bevor dieser was sagen kann, spricht Alapont weiter. »Abgesehen davon, dass in dieser ersten Fahndungsphase Diskretion geboten ist. Der Typ hat ein Menschenleben auf dem Gewissen und ist gewaltbereit. Besser, er erfährt nicht, dass die Polizei ihm auf der Spur ist.«

»Aber wir sind Freunde. Du hättest mir was sagen können.«

»Verzeihung, aber ich war so in die Ermittlungen vertieft …« Federico hat recht, er hätte etwas sagen sollen. Jetzt ist es ihm peinlich, also steht Alapont auf und wirft seinem Freund den Ball zu. »Dafür schenke ich dir den nächsten Aufschlag.«

»Und sowieso …« Alapont bringt sich in Stellung. »Mein Job war es herauszufinden, wer hinter der Schandtat im Wassergericht steckt. Den Attentäter vom Negrito-

Brunnen zu schnappen, ist nicht mein Auftrag.« Kaum hat er die Worte ausgesprochen, bereut er diese bereits.

»Vicente, seit wann ziehst du dich aus der Verantwortung? So wie du mir soeben erzählt hast, kennst du diesen Airón besser als deine Freunde bei der Polizei.« Federico Torres klingt vorwurfsvoll. »Auch wenn du kein Bulle mehr bist und du deinen Auftrag erledigt hast, aber du kannst einen Mörder nicht frei herumlaufen lassen!« Ist es Zorn oder Enttäuschung, aber Fede schlägt mit voller Kraft auf. Unmöglich, diesen Ball entgegenzunehmen. »Du kannst doch nicht mitten in einem Spiel aufhören!«

Nein, das kann er nicht. Und ist auch nicht seine Art. Sein Freund hat recht, die Sache ist noch nicht erledigt.

- 41 -

Früher musste Alapont immer wieder Fälle ungelöst zu den Akten legen, wenn die Vorgesetzten dies so entschieden, heute muss er keine halben Sachen mehr machen. Wenn schon, denn schon! Nachdem er herausgefunden hat, wer mit an Sicherheit grenzender Wahrscheinlichkeit hinter den Anschlägen steht, sollte er Nägel mit Köpfen machen und versuchen, diesen auch zu schnappen. Aber wie?

Ungewaschen und zerknautscht streift sich Alapont sein Undercover-T-Shirt mit den Farben der spanischen Republik über, verlässt sein Zuhause und macht sich zu Fuß auf dem Weg zur Plaza de San Agustín. Auf dieser haben sich Hunderte Teilnehmer versammelt, um mit Fahnen und Spruchbändern am großen Demonstrationsumzug zur internationalen Wasserkonferenz teilzunehmen. Mühsam drängt er sich durch die Menschenmenge, bis er die beiden Initianten von ¡Valencia YA! erreicht und sich zu ihnen stellt. Einige der Anwesenden kennt Alapont nicht, anderen ist er bei der Versammlung der Aktionsgruppe begegnet. Carol und Lulú zum Beispiel, die selbstgemalte Protestschilder dabeihaben. »*¡Agua es vida!*«, steht auf diesen: Wasser ist Leben! Mit einem kurzen »*¡Hola!*« begrüßt er die Leute und wirft Miriam, oder besser gesagt Diana einen konspirativen Blick zu. Langsam setzt sich der Demonstrationszug in Bewegung, der vom Stadtzentrum zum Veranstaltungsort des *World Water Council* führen soll.

Miriam hat sich bei Alapont eingehakt, als wären sie ein Pärchen. »Und? Meinst du, es wird funktionieren?« Sie schaut sich um, niemand soll sie hören, was bei den Protestrufen und Sprechchören sowieso kaum möglich ist. »Ich habe im Gruppenchat wiederholt darauf hingewiesen, dass es heute auf jeden Einzelnen ankommt. Abgesehen davon habe ich Carol unter vier Augen gesagt …«, sie zeigt auf die Frau mit dem Kurzhaarschnitt, die sich zusammen mit anderen die Lunge aus dem Leib brüllt, »… sie soll Airón davon zu überzeugen, ebenfalls teilzunehmen. Es könnte sein, dass man die Demonstration etwas aufmischen sollte, und dafür sei er der Richtige.«

»Ich habe Megabyte um das Gleiche gebeten.« Alapont schreitet mit der Menschenmenge mit. Er scheint entspannt, ist in Wirklichkeit auf der Hut. »Noch haben die Medien nicht darüber berichtet, dass nach ihm gefahndet wird.«

»Das wird schon klappen!« Miriam löst sich von ihrem Begleiter und stimmt im Sprechchor ein, Alapont tut das Gleiche. »Wasser ist Leben! *¡Agua es vida!*«

»Genau das Gleiche hat mir mein Opa gesagt, als ich noch ein kleiner Junge gewesen bin.« Wie aus dem Nichts steht plötzlich Airón hinter den beiden, die Kapuze seines Pullovers hat er tief ins Gesicht gezogen. »Carol und Megabyte haben mich aufgefordert, mit der Gruppe hier mitzulaufen.« Seine Stimme klingt ernst. »Eigentlich müsste die halbe Stadt an dieser Kundgebung teilnehmen, aber schaut euch mal um. Was soll das bringen? Es braucht radikale Aktionen!«

»Ja, aber wie weit soll man gehen?« Der Demonstrationszug kommt ins Stocken, also dreht sich Miriam und schaut zu Blasco hoch, der gut einen Kopf größer ist als sie. »Ist der Tod eines kleinen Mädchens gerechtfertigt?«

»Manchmal muss man Opfer bringen.«

»Was sagst du da?« Normalerweise die Ruhe in Person, packt sie ihr Gegenüber mit beiden Händen am Kragen. »Ein unschuldiges Kind?«

Alapont, der danebensteht, versucht, trotz der tief gezogenen Kapuze Airóns Gesicht zu deuten. Wen haben sie vor sich? Ist es der junge Mann, der es in seinem Leben nicht einfach gehabt hat? Oder ist es der verbitterte Rächer, der sich mit einer vorrömischen Gottheit identifiziert? Ist die Radikalisierung zu weit fortgeschritten oder steckt in dem jungen Mann noch ein Funken Hoffnung, ein Funken Menschlichkeit? Ermittlungen und Verhöre sind manchmal wie ein Pokerspiel, es gilt, alles auf eine Karte zu setzen. »Blasco, ich kann mir gut vorstellen, dass du das mit dem kleinen Mädchen nicht gewollt hast.«

»Auf der Plaza del Negrito hätte niemand zu Schaden kommen sollen. Ich habe extra nur zwei anstatt drei Dynamitstangen gezündet.« In Blascos Stimme schwingt Bedauern mit, echtes Mitleid.

»Genau das sage ich doch.« Alapont versucht zu beruhigen, sich und sein Gegenüber. »Wenn du dich stellst, wird dir das sicherlich hoch angerechnet.«

»Ich mich stellen? Nie im Leben!« Warum hat Alapont das Gefühl, dass nicht Blasco, sondern Airón zu ihm spricht? Aggressiv und kompromisslos.

In diesem Augenblick setzt sich der Demonstrationszug wieder in Bewegung. Die Menschenmasse ist wie ein zäher Fluss, der alles und alle mit sich zieht. Alapont muss aufpassen, dass er nicht zu Boden geworfen wird, und als er sich umdreht, ist Airón verschwunden.

- 42 -

Inmitten all der Leute hat Alapont nicht nur Blasco aus den Augen verloren, auch Miriam und die anderen findet er nicht mehr. Und da das Mobilfunknetz zusammengebrochen ist, kann er sie auch nicht anrufen. Also entscheidet sich Alapont, nach Hause zurückzukehren und dort darauf zu warten, dass sich die Demonstration nach den Schlussreden auflöst.

Endlich klingelt sein Telefon. »Miriam, wo bist du?« Da er keine Antwort erhält, wiederholt er: »¿Miriam? ¿Hola?«

»Ich bin nicht Miriam!«

Alapont erschrickt. »Blasco, was machst du mit Miriams Handy?«

»Blasco gibt es nicht mehr, Blasco ist tot! Ich bin's, Airón, der Herr über Leben und Tod!« Alaponts schlimmste Befürchtungen bestätigen sich in dieser Sekunde. Das gut gemeinte Zureden von vorher hat nichts gebracht. »Ich kann jedem das Leben nehmen, jede mit mir in die Tiefe reißen!« Kein Zweifel, das Böse hat in diesem Menschen gewonnen.

»¿Dónde está Miriam?« Alapont schreit in den Hörer. »Wo ist Miriam?«, brüllt er nochmals.

»Sie ist bei mir, hinten im Wagen, und ich nehme sie mit auf eine lange Reise!« Airón kappt die Verbindung.

Verzweifelt drückt Alapont auf die Rückruftaste, erfolglos. Herr über Leben und Tod? Eine lange Reise? In Alapont steigen die schlimmsten Befürchtungen hoch, also ruft er Inspektor García an.

Die kommende halbe Stunde kommt ihm wie eine Ewigkeit vor. Wie eine eingesperrte Raubkatze tigert er in seiner Wohnung auf und ab, den Blick fest auf das Handy in seiner Hand gerichtet. Endlich klingelt es. »Vicente?«

»Ja!«

»Die Ortung läuft, und zwar für beide Nummern, die du mir durchgegeben hast. Beide sind auf der A3 unterwegs, auf der Höhe von Requena.«

»Okay! Ich fahre gleich los und rufe dich an, sobald ich auf der Autobahn bin.« Alapont greift zu seinem Wagenschlüssel und stürmt los. Selten ist er so schnell durch die Stadt gekommen wie heute, und auch auf der Ausfallstraße in Richtung Madrid drückt er mächtig auf die Tube. Mehr als 100 Stundenkilometer wird Airóns alter Ford Transit nicht schaffen, der Tacho seines Taxis hingegen zeigt 160 an. Die Aufholjagd hat begonnen, wohin die auch führen mag.

Bevor Alapont wieder Inspektor Garcia anruft, wählt er Megabytes Nummer. »Hör zu, Airón hat Miriam entführt und ist auf der A3 unterwegs. Hast du vielleicht eine Idee, wo er hinwill? Hat er dir mal was erzählt?«

»Ich weiß nicht …« Der junge Freund überlegt. »Mir hat er nur mal erzählt, dass er mit seinem Wohnmobil oft an einem Stausee übernachtet.«

»Welcher Stausee? Im Hinterland gibt es viele!« Alapont brüllt in die Freisprechanlage.

»Keine Ahnung, er hat keinen Namen genannt!«, knackt es über das Mobiltelefon. Alapont drückt Megabyte mit einem kurzen »Okay« weg.

Welcher See ist wohl gemeint? Die A3 führt direkt zum Embalse de Contreras und auf einem langen Viadukt über diesen hinweg. Es ist das größte Binnengewässer des Bundeslandes Valencia, liegt inmitten riesiger Pinienwälder und bietet daher besonders viele Versteckmöglichkeiten. Einmal mehr ein Heuhaufen, in welchem es gilt, eine Nadel zu finden.

Es klingelt erneut. »Vicente, wo etwa bist du?« Inspektor García klingt nervös. »Sie sind soeben bei Utiel von der A3 abgefahren!«

Bei Utiel? Runter von der Autobahn? Dann ist Contreras nicht Airóns Ziel. Alapont rast weiter an Pkws, Lkws und Reisebussen vorbei. Wo will Blasco hin? Welches ist sein Ziel?

»Verdammt noch mal, Alapont, streng dich an!« Er schimpft lauthals mit sich selbst. »Wohin fährt der Verrückte?«

Wo? Wo? Wo?

Klar, das ist es! Wie hat Airón, der Gott der Wasserlöcher, am Telefon gedroht? Er könne jedem das Leben nehmen, jede mit ihm in die Tiefe reißen?

»Fernando!« Alaponts Puls rast. »Ist er auf die CV-390 abgebogen? Fährt er diese Landstraße entlang?«

»Richtig!« Inspektor Garcías Verwunderung ist durch die Freisprechanlage zu hören. »Wieso weißt du das?«

- 43 -

Es ist gar nicht so lange her, dass Alapont zum letzten Mal bei Utiel die Autobahn verlassen hat, um der CV-390 zu folgen. Anfänglich eine breite Landstraße, verwandelt sich diese nach wenigen Kilometern in eine schmale, kurvenreiche Bergstrecke. Damals nahm er es gemütlich, es handelte sich um einen Familienausflug, jetzt fehlt ihm allerdings die Zeit, es geht um Leben und Tod. Mit überhöhter Geschwindigkeit rast er die Asphaltserpentine hoch, er muss höllisch aufpassen, in den engen Kurven nicht von der Fahrbahn abzukommen. Nach zehn Minuten hat er den Bergrücken erreicht, von wo es wieder runtergeht nach Benagéber. Wie eine blaue Perle schimmert der See inmitten der Hügel und Pinienwälder, die bis zum Horizont reichen. Ein überwältigender Fernblick. Dieses Mal ist es nicht die Aussicht, die ihm den Atem raubt, sondern der Gedanke, dass sich dort unten irgendwo Airón mit Miriam als Geisel versteckt. Ein rascher Blick auf sein Handy bestätigt ihm, dass er weiter ohne Verbindung zu Inspektor García ist. Hoffentlich hat dieser Verstärkung bei den Kollegen der *Guardia Civil* in Requena anfordern können. Ganz auf sich allein gestellt, rast er den Berg runter und kommt endlich zum See. Langsam rollt er an jener Stelle vorbei, wo er vor Kurzem mit seiner Familie zum Picknick gewesen ist. Niemand da, keine Tagesausflügler, keine Angler und auch kein blauer Ford Transit. Dafür sichtet er den gesuchten Lieferwagen am gegenüberliegenden Ende der Staumauer, die Fahrertür und die Heckklappe stehen offen.

Das Klingeln seines Mobiltelefons verrät, dass er endlich wieder Netzempfang hat. »Ah, Vicente, jetzt klappt es.« Inspektor Garcia klingt erleichtert. »Auch die Ortung funktioniert wieder. Sie sind am Stausee von …«

»… von Benagéber. Ich weiß, ich bin soeben angekommen und habe den Wagen gefunden.«

»Okay, die Kollegen der *Guardia Civil* sind informiert und schicken einen Streifenwagen.«

»Fernando, ich kann nicht auf die Verstärkung warten!« Alapont beendet den Anruf und fährt ein Stück weiter zum Beginn der Staumauer. Dort angekommen, rollt er mit seinem Wagen hinter ein Transformatorengebäude, das ihm als Versteck dienen soll, und steigt aus.

Es ist nicht das erste Mal, dass er hier ist, doch kommt ihm das Stauwehr bedrohlicher vor als sonst. Die Bauten aus schweren, dunklen Steinblöcken haben etwas Düsteres an sich, die 110 Meter tiefe Talsperre ist nicht weniger bedrohend.

Vorsichtig lugt er hinter dem Gebäude hervor. Niemand zu sehen. Also rennt Alapont los, tief gebückt in der Hoffnung, nicht gesehen zu werden. Nach 300 Metern erreicht er den Lieferwagen und sucht hinter diesem erneut Schutz.

Das schwere Tor vor ihm ist einen Spaltbreit geöffnet, also zwängt er sich durch und eilt weiter bis zu einem kleinen Schleusenhaus, welches er ebenfalls für seine Deckung nutzt.

»¡*Mierda!*«, schimpft Alapont kaum hörbar. »Mist!« Weshalb hat er nicht den Kreuzschlüssel als Waffe aus dem Kofferraum genommen? Er schaut sich um, vielleicht liegt irgendwo was rum. Eine Stange, eine schwere Kette. Nichts außer faust- und pflaumengroßen Steinen.

- 44 -

Vorsichtig lugt Alapont hinter dem Schleusenhaus hervor und sieht Airón, der dasteht und zum steinernen Abbild der *Virgen de los Desamparados* hochschaut. Alaponts Vater hatte ihm einst erklärt, dass zur Einweihung des Bauwerks eine Reproduktion der Schutzpatronin Valencias angefertigt worden sei, deren Original zu Hause in der Basilika an der gleichnamigen Plaza stehen würde. Betet der Typ tatsächlich zur Heiligen Jungfrau der Schutzlosen oder spricht er mit sich selbst? Und womit fuchtelt er herum? Ist es eine Dynamitstange, die er in den Händen hält? Sichtlich erschrocken steht Miriam daneben, ihre Arme sind hinter dem Rücken zusammengebunden, um ihre Füße ist ein grobes Seil gewickelt. Sie schaut verzweifelt um sich und als sie, und nur sie, in Alaponts Richtung blickt, gibt er sich zu erkennen. Er deutet ihr an, sich nichts anmerken zu lassen. Die Entführte nickt kurz, trotzdem erhellt sich ihre betrübte Miene ein wenig.

Alapont geht in die Hocke und kurz in sich. Was soll er tun? Wie soll er vorgehen? Hätte er, wie früher, eine Dienstwaffe, könnte er ... Nein! Was für ein überflüssiger

Gedanke! Erstens hat er keine Pistole, zweitens war seine Stärke immer die Verhandlung gewesen, das Gespräch in kritischen Situationen. Wen hat er vor sich? Ist es, wie Airón während des letzten Telefonats behauptet hat, der Gott, der über Leben und Tod entscheidet? Oder ist Blasco doch nicht tot, wenigstens nicht ganz, schaut dieser ja zur Muttergottes hoch? Klar ist, dass Alapont nicht auf Verstärkung warten kann, sondern etwas unternehmen muss. Er atmet zwei-, dreimal tief durch, steht auf und tritt aus seinem Versteck.

»*Blasco, ¿qué haces?*« Überrascht dreht sich der junge Mann um, Alapont geht langsam auf ihn zu. »Blasco, was soll das Ganze?«

»Alapont? Bleib stehen!« Der Entführer ist sichtlich nervös.

»Blasco, komm schon, noch ist niemand zu Schaden gekommen.« Es gilt zu beschwichtigen, auch wenn es nicht der Wahrheit entspricht. Und die Zielperson so oft wie möglich mit dem Namen anzusprechen mit dem Ziel, eine persönliche Gesprächsebene zu schaffen.

»Ich … ich gehe nicht wieder ins Gefängnis!« Blasco zieht Miriam näher an sich ran, ein menschlicher Schutzschild. »Ich wollte es nicht, es ist einfach passiert.«

Alapont bewegt sich langsam, ganz langsam vorwärts, weiter auf Deeskalation setzend. »Das glaube ich dir, Unfälle geschehen.«

»Das kleine Mädchen hätte nicht sterben müssen!« Blasco scheint verzweifelt. »Ich wollte keine Toten!«

Alapont hält inne. Was hat der junge Mann soeben gesagt? Tote? In der Mehrzahl?

»Ich habe absichtlich nur zwei anstatt drei Dynamitstangen gezündet, um den Kollateralschaden so gering
wie möglich zu halten.« Blasco schluckt schwer. »Der Typ
draußen in Moncada hatte gedroht, mich der Polizei zu
melden, weil ich mit meinem Wagen in der alten Mühle
übernachtet habe. Er hatte Streit gesucht, ich habe mich
nur gewehrt.«

Hat Blasco soeben ein zweites Geständnis abgelegt? Ist
dieser Ricardo Soria, den er zusammen mit Inspektor García im Gefängnis besucht, tatsächlich unschuldig? »Komm,
für mich klingt das nach Selbstverteidigung.« Worte sind
das eine, die Realität etwas anderes. Mit zwei Toten, egal
ob Unfall oder Totschlag, und mit seiner Vorgeschichte,
so ist Alapont klar, wird Blasco Colóm für lange hinter
Gittern verschwinden.

»Ich gehe nicht wieder in den Knast! Auf keinen Fall!«
Blasco wird sich seiner ausweglosen Situation bewusst, aus
Leid und Verzweiflung wird binnen Sekunden Hass. Der
letzte Funke Blasco erlischt in diesem Moment, jetzt gibt
es nur Airón, die starke und mächtige Gottheit. »Ich ent-
scheide über Leben und Tod! Hast du gehört, Alapont?«

Ja, er hat gehört. Der Junge, dessen Eltern bei einem
Verkehrsunfall ertrunken sind und von seinem Großvater
großgezogen worden ist, existiert nicht mehr. Vorsichtig
macht Alapont wieder ein paar Schritte nach vorne.

»Bleib stehen! Keinen Schritt weiter!« Airón weicht
langsam zurück und stößt rückwärts an eine niedrige
Mauer. Er zieht Miriam ganz nah an sich, steckt ihr die
Dynamitstange in den Hosenbund, zieht ein Feuerzeug
hervor und hält es drohend in die Höhe. »Airón ent-

scheidet über Leben und Tod! Das der anderen und das eigene!«

Alapont bleibt stehen, seine Augen verengen sich und fixieren die Bedrohung. Der Stein in seiner rechten Hand hat in etwa die Größe und das Gewicht des Lederballs, mit welchem er normalerweise *pelota* spielt. Ein kurzer Blick zu Miriam. Sie erkennt, was Alapont vorhat.

Also lässt sie sich auf die Knie fallen und bringt Airón damit aus dem Gleichgewicht. Bevor dieser begreift, was geschieht, bekommt er den Stein mit voller Wucht an den Kopf. Er taumelt, lässt sein Opfer los. Im gleichen Augenblick spurtet Alapont auf ihn zu, packt ihn wie bei einem Rugbyspiel an der Hüfte und reißt ihn über die kleine Mauer. Der Fall in den See ist kurz, der Schock des kalten Wassers umso größer. Wieder einmal hat Alapont das Rauschen des Wassers in seinen Ohren, dieses Mal jedoch unfreiwillig. Als er wieder auftaucht, schaut er sich um. Wo ist Airón? Die nassen Kleider ziehen ihn nach unten, also schwimmt er zum Ufer und erreicht eine kleine Treppe, über welche er die Seitenwand des Stausees hochklettert. Oben angekommen, sieht er, wie Airón zum großen Abflusstrichter schwimmt und auf diesen hochklettert.

Glory Hole heißt der berühmteste, weil meist fotografierte Überlauftrichter in einem Stausee in Kalifornien, der Abfluss in Benagéber hat zwar keinen eigenen Namen, ist jedoch nicht weniger eindrucksvoll – und lebensgefährlich. Wie eine riesige Tulpenblüte, die aus der Tiefe des Sees hochsteigt und sich zur Oberfläche öffnet, hat diese spanische Version des *Glory Holes* einen Durchmesser von 25 Metern und in der Mitte ein 60 Meter tiefes Loch, über welches das Wasser durch eine riesige Röhre auf die andere Seite der Staumauer abfließt.

Miriam hat ihre Fußfesseln lösen können. Alapont, der sich eines Teils der nassen Klamotten entledigt hat, bindet ihr die Hände los. Sein Blick ist weiter auf Airón gerichtet, der am Rand des Ablauftrichters steht und zu ihm rüberschaut. Alapont glaubt nicht wirklich an Übersinnliches oder Telepathie, trotzdem gibt es Momente, in welchen es keine Worte braucht, um sich zu verstehen, um Gedanken miteinander zu teilen. Und genau jetzt ist ein solcher Augenblick! Blasco Colóm, dem das Wasser die Familie geraubt und welcher in der altiberischen Gottheit sein Alter Ego gefunden hat, ist genau dort angekommen, wohin ihn sein Lebensweg, wohin ihn das Schicksal hingeführt hat: zu einer von Menschenhand gebauten *poza*, an den Rand eines Wasserlochs, das einem das Leben rauben kann.

Alapont ergreift Miriams Hand, die gebannt zu ihrem Entführer starrt, und schließt seine Augen. Er atmet ruhig und entspannt, spürt den sanften Frühlingswind, der über den Stausee weht und bemerkt das Zucken seiner Begleiterin. Als er seine Augen langsam wieder öffnet, ist Blasco Colóm verschwunden. Er hat, wie er vor ein paar Minuten gedroht hat, über sein Leben und seinen Tod entschieden.

- 45 -

Alapont ist noch etwas schwach auf den Beinen, als er auf die Straße tritt. Zum Glück hatte er seine Sporttasche mit den Klamotten der *Pelota Valenciana* im Kofferraum, sodass er sich nach dem Sprung in den kalten Stausee seiner nassen Kleider hat entledigen können. Trotzdem hat er sich eine Erkältung eingefangen, die ihn richtig umgehauen hat. Triefende Nase, hässlicher Husten, schmerzender Hals, dumpfes Kopfweh und leichtes Fieber, kurzum, das volle Programm. Allerdings hat das Ganze etwas Positives, denn er hat die Verkühlung nicht in seinem Appartement auskuriert, sondern in seinem echten Zuhause. »Ich fahre nicht durch die halbe Stadt, um Krankenschwester zu spielen und dich aufzupäppeln.« Isabels Kommentar ließ keinen Widerspruch zu, was Alapont noch so gerne akzeptierte. Gut gelaunt macht er sich auf zu einem Spaziergang durch sein *barrio*, durch sein Viertel. Jener Bezirk Valencias, in welchem seine Kinder aufgewachsen sind und in welchem ihn die Menschen auf der Straße grüßen, obwohl er nach der Trennung ein Weilchen weg gewesen ist. Seine Heimatstadt ist die drittgrößte Metropole Spaniens, trotzdem lebt es sich in der eigenen Nachbarschaft wie in einem Dorf. Hier ist die Apotheke von Lucía, dort die Metzgerei von Pascual, schräg gegenüber der Eisdiele von Manolín.

Alapont stellt sich an den Straßenrand und tut das, was er seit Jahren nicht gemacht hat: nach einem Taxi Ausschau halten. Ein seltsames Gefühl, auf der Rückbank zu sitzen, nicht auf den Verkehr achten zu müssen und Zeit zu haben, seinen Gedanken nachzuhängen. Hätte er in Benagéber etwas anders machen können? Vermutlich nicht, denn es gibt Menschen, und davon ist er felsenfest überzeugt, für die es keinen anderen Ausweg gibt als Selbstmord. Blasco hat es in seinem Leben nicht einfach gehabt, ein psychiatrisches Gutachten hätte eine Schizophrenie und eine Fixierung zur Gottesfigur Airón nachweisen können. Trotzdem wäre der junge Mann für immer hinter Gittern gelandet. Dafür hat Alapont nicht nur das Leben von Miriam gerettet, sondern auch, ohne es zu wollen, nachweisen können, dass der im Gefängnis von Picassent einsitzende Ricardo Soria unschuldig ist.

»Ich habe das Protokoll zu den Geschehnissen der letzten Tage fertig.« Inspektor Fernando García hatte seinen Freund gebeten vorbeizukommen, um mit dessen Unterschrift gleich zwei Fälle abschließen und zu den Akten legen zu können.

Bei der *Jefatura Superior de Policía Nacional* angekommen, steigt Alapont aus. Wie viele Jahre seines Lebens ist er hier ein- und ausgegangen? Was hat er hier nicht alles erlebt, Gutes und Schlechtes? Während er das Bett gehütet hat, hat er sich so seine Gedanken gemacht. Kein Problem, sich als Polizist bei einer Grippe krankschreiben zu lassen, auch als Taxifahrer kann er zu Hause bleiben, wenn es ihm nicht gut geht. Nur dass dann kein Geld in die Fahrtenkasse kommt und er nichts verdient.

Nachdenklich schaut er die ihm so vertraute Fassade der Polizeizentrale hoch. Nein! Es ist gut, so wie es ist! Sein Ermittlungsinstinkt funktioniert bestens, sein Schnüfflergespür ist wach wie eh und je. Und er fühlt sich bereit, die nächste Herausforderung anzugehen. Nämlich zusammen mit seinem Jugendfreund Federico das *Pelota*-Turnier zu gewinnen.

- EPILOG -

Beim Schreiben meiner Kriminalromane geschieht es immer wieder, dass mich Dinge und Gegebenheiten, die ich als besonders interessant oder amüsant empfinde, beflügeln. Eigentlich wunderbar, ist es mir doch wichtig, Aspekte und Anekdoten aus dem Alltag hier in Spanien in meine Geschichten einzuweben und auf diese Weise meinen Leserinnen und Lesern das Leben in Valencia näherzubringen. Nicht selten stelle ich dann beim Durchlesen fest, dass ich den roten Faden verloren habe und es sich um Nebensächlichkeiten handelt, die nicht wirklich mit dem Plot zu tun haben. Die Dosierung solcher Zusatzinformationen sollte ausgewogen sein und den Handlungsstrang im genau richtigen Maß anreichern. Nicht zu wenig, vor allem jedoch nicht zu viel, und wenn dem so ist, dann drücke ich schweren Herzens die Delete-Taste meines Laptops.

Bei meinem Erstlingswerk *Mörderische Hitze* haben mich die Ausflüge ins Weingebiet von Utiel-Requena und Besuche bei verschiedenen Bodegas beflügelt, beim Plot für den Nachfolgeroman *Falsches Spiel in Valencia* habe

ich die Polemik um den *Corredor Mediterráneo*, das Eisen-
bahnprojekt entlang der Mittelmeerküste, aufgegriffen.
Beim Buch, das Sie gerade in den Händen halten, wollte ich
auf das Thema Wasser eingehen, eine hierzulande besonders bedeutsame und vielschichtige Thematik. Genau aus
diesem Grund musste ich öfter als bei meinen anderen
Alapont-Krimis die Löschfunktion nutzen und Textpassa-
gen eliminieren. Schade, denn rund um das *Valencianische
Wasser* (hätte als Titel auch gut aufs Cover gepasst) gibt es
einiges zu erzählen, also warum nicht ein Epilog verfassen?

Gedacht, getan.

VON DER SELBSTVERSTÄNDLICHKEIT ZUM WERTGESCHÄTZTEN KULTURGUT

Für einen, der in der Schweiz geboren, in Riehen bei Basel aufgewachsen ist, dort mit seinen Schulkollegen im Wiese-Fluss gebadet hat und für welchen es noch heute kein größeres Vergnügen gibt, als im Rhein zu schwimmen und sich von diesem durch meine Geburtsstadt treiben zu lassen, ist Wasser alles andere als Mangelware. Erst recht, wenn es von oben kommt, tagelang regnet und man nur mit Regenjacke und Gummistiefeln auf die Straße gehen kann. Valencia, die Mittelmeermetropole, die ich seit über 20 Jahren mein Zuhause nenne, wirbt damit, dass an über 300 Tagen im Jahr die Sonne scheint. Das sind zehn von zwölf Monaten: Wunderbar! Nach Adam Riese bleiben somit gerade mal acht Wochen, in denen es regnen könnte. Mit Betonung auf *könnte*. Aus diesem Grund hat der Wohnsitzwechsel nach Spanien bei mir einen krassen $H2O$-Paradigmenwechsel zur Folge gehabt. So gehöre ich mittlerweile auch zu jenen Valencianos, die bei Niederschlägen zu Hause bleiben, außer man wird dazu genötigt, es zu verlassen. Gleichzeitig freue ich mich, wenn Petrus endlich wieder mal die Himmelsschleusen öffnet, zumal ich eine kleine Orangenplantage besitze und mir Sorgen um meine Bäume mache, die froh um jeden Tropfen sind. Das *Tribunal de las Aguas* kenne ich seit meiner Kindheit, doch erst seitdem ich in Valencia lebe, verstehe ich die wirkliche Bedeutung dieser Institutionen sowie die Aussage, Wasser sei ein Kulturgut. Ein solches ist, so definiert es die UNESCO, Teil des kulturellen Erbes der Menschheit und verbunden mit vielfältigem gesammeltem Wissen, Erfahrungen, Praktiken, Lebensformen und kultureller und heimatlich-naturräumlicher Identität. Eine etwas sperrige Definition, die allerdings vollkommen zutrifft. Weshalb? Lassen Sie mich das Rad der Zeit zurückdrehen …

DAS ERBE DER MAUREN

Im Frühjahr 711 überquerte der Berber-Feldherr Tariq mit einer 12.000 Mann starken Truppe die Meerenge, welche Nordafrika von der Spitze der iberischen Halbinsel trennt. Im Juli des gleichen Jahres kam es etwas weiter im Landesinneren zur großen Schlacht gegen die Westgoten, die, obwohl zahlenmäßig überlegen, eine fürchterliche Niederlage erlitten. Damit war für Tariq und seine Armee der Weg in die damalige Hauptstadt Toledo frei, welche er ohne großes Blutvergießen einnahm. Keine sechs Jahre später war bis auf die Berge entlang der Atlantikküste im Norden die ganze Halbinsel eingenommen. Das von den Römern am Turia-Fluss gegründete Valentia ergab sich 714 kampflos den maurischen Eroberern und wurde in Balansiya umgetauft. Ihr Reich nannten die Mauren Al-Andalus, heute erinnert der Name des südlichsten Bundeslandes Spaniens an diese Vergangenheit: Andalusien.

Mit der Eroberung der Iberischen Halbinsel brachten die Mauren ihr Wissen in Astronomie, Mathematik, Physik und Medizin auf den europäischen Kontinent, nicht nur deshalb bezeichnen viele *Al-Andalus* als wissenschaftliche, gesellschaftliche und kulturelle Blütezeit. So lebten Muslime, Juden und Christen friedlich neben- und miteinander, Bauten wie die Moschee in Córdoba, die Alcázar in Sevilla oder die Alhambra in Granada sind architektonische Zeitzeugen aus jener Zeit, die heute Millionen Besucherinnen und Besucher begeistern. Gerade die Palastanlage in Granada besticht durch die zahlreichen Zierbrunnen und Bassins und dient als Beweis dafür, dass Wasser in der arabischen Kultur Zeichen für Reichtum war. Ganz nach dem Motto: Da, schau her, bei mir plätschert ein Springbrunnen im Innenhof. Es stimmt, schon die Römer haben spektakuläre Aquädukte gebaut wie jener in Segovia oder der Pont du Gard in Südfrankreich, doch erst die Mauren haben die Kenntnis der nutzbringenden Wasserwirtschaft nach Spanien gebracht, wussten sie doch ganz genau, wie man das wertvolle Nass mittels Wasserrädern und Kanälen geschickt auf die Felder leitet und so aus einer trockenen Einöde eine blühende Oase macht. Gerade in und um Balansiya revolutionierten sie damit die Landwirtschaft und schufen die noch heute ertragreiche *huerta valenciana.* Man muss nur durch die zentrale Markthalle im Herzen der Altstadt spazieren, um sich vor Augen zu führen, was der »valencianische Gemüsegarten« alles hergibt. Gemüse wie Tomaten, Zwiebeln, Artischocken und Auberginen, Zitrusfrüchte wie Orangen, Mandarinen und Zitronen. Und selbstverständlich Reis. Dieser hat zwar seinen Ursprung in China, doch es waren wiederum die Mauren, die das asiatische Getreidekorn nach Europa gebracht haben – allem voran nach Valencia. Meine Leserinnen und Leser werden mittlerweile wissen, dass aus diesem Grund die Paella kein spanisches Nationalgericht ist, sondern ein einfacher Bauerneintopf der Reisbauern im Süden der Stadt.

Wenn man vom Erbe der Mauren spricht, so darf man auf keinen Fall vergessen, dass das Arabisch die Geografie wie auch die Sprache Spaniens geprägt hat. Ich denke da an all die Ortschaften, deren Namen mit »beni« anfangen, was so viel wie »Sohn des ...« bedeutet. Valencianische Stadtbezirke wie Benicalap oder Benimaclet, aber auch Ortschaften wie Benissa an der Costa Blanca oder die Touristenhochburg Benidorm, welche ja in meinem zweiten Roman *Falsches Spiel* vorkommt. Weiter verbreitet sind Bezeichnungen, die mit *al* beginnen. Städte und Dörfer wie Almería, Algeciras oder Albarracín sowie alltägliche Dinge wie Teppich (alfombra), Kissen (almohada), Fleischkloß (albóndiga) oder Artischocke (alcachofa). Und, siehe da, auch der typisch valencianische Familienname meines Protagonisten hat maurischen Ursprung: Alapont.

DAS WASSERGERICHT VON VALENCIA

Dass das *Tribunal de las Aguas* über 1.000 Jahre alt ist und es sich um eine Art Ältestenrat handelt, der über eine gerechte Verteilung der Bewässerung wacht, habe ich im vorliegenden Roman bereits erwähnt. Das Wassergericht ist somit die älteste Rechtssprechung Spaniens sowie des ganzen europäischen Kontinents. Mag sein, dass sich Valencia als pulsierende Metropole immer weiter ausbreitet, langsam, aber stetig den umliegenden Ackerboden auffrisst und so auch die *acequias* verschwinden, das Thema Wasser bleibt trotzdem aktuell. Erst kürzlich bin ich mit meinem Mountainbike wieder mal in die *La Punta* rausgefahren (Kapitel 17) und dort über die Felder geradelt. Dabei entdeckte ich an der Hausmauer eines Gehöfts eine weiß grundierte Fläche, die mich an eine Wandtafel erinnerte. »Lunes und Miércoles« stand oben in Druckschrift, darunter waren handschriftlich Namen notiert. Also sprach ich den Mann an, der gerade in seinem Garten rumwerkelte. Ja, montags und mittwochs wird von weiter oben Wasser in den Kanal geleitet, und jeder, der sein Feld fluten möchte, muss sich dort einschreiben. Wie bitte? Hörte ich da richtig? Heute, mit Internet, Mobiltelefonen und *WhatsApp*-Chatgruppen? Wasser ist somit auch im modernen Spanien im Alltag gelebte Tradition. Genau in diesem Kontext zwischen gestern, heute und morgen verstehe ich das Wassergericht von Valencia. Viele Touristen meinen, es handelt sich lediglich um eine Sehenswürdigkeit, fehlt ihnen doch das Wissen um dessen wirkliche Bedeutung. Abgesehen davon, dass auswärtige Zaungäste das *Tribunal de las Aguas* gar nicht verstehen können, werden die Beratungen und Verhandlungen ausschließlich in Valencianisch geführt. Ich kann mich an einen Fall erinnern, bei welchem ein Landwirt das Verkehrsministerium in Madrid vor den Schöffenrat bestellt hatte, weil beim Bau einer Umgehungsstraße sein Bewässerungskanal zugeschüttet worden war und er für seinen Ernteausfall Schadenersatz verlangte. Selbst der Anwalt in Anzug und Krawatte, der die Behörde in Madrid vertrat, musste in der regionalen Landessprache argumentieren.

Warum erzähle ich Ihnen dies alles? Weil ich hoffe, dass Sie, wenn auch im Nachhinein, besser verstehen, warum sich Alapont geehrt fühlte, vom altehrwürdigen Tribunal als Ermittler engagiert zu werden. Und weshalb ich als Halb- respektive Wahl-Valenciano dieses Thema als Aufhänger für das vorliegende Buch gewählt habe.

FRANCO, DER FROSCH

Wenn man sich in Spanien mit dem Thema Wasser auseinandersetzt, so kommt man um die Stauseen nicht herum. Allerdings kann dies schnell zu einer heiklen Angelegenheit werden, hat doch das Land seine Vergangenheit rund um den spanischen Bürgerkrieg (1936–1939) und den siegreich hervorgegangenen General Francisco Franco nicht wirklich aufgearbeitet. Der Diktator machte den Bau von Stauseen im ganzen Land zu einer seinen innenpolitischen Prioritäten, weshalb der Staatschef in den Wochenschauen von damals immer wieder bei Einweihungen von Wehranlagen zu sehen war. Daher tauften ihn scharfe Zungen mit dem Spitznamen »el rana«, der Frosch. Viele behaupten heute noch, die Stauseen seien ein direktes Vermächtnis von Franco, der damit Spanien vor dem Austrocknen bewahrt habe. Tatsache ist, dass die Pläne für eine langfristige Wasserversorgung des Landes bereits Ende des 19., Anfang des 20. Jahrhunderts in Spanien entstanden sind.

Unabhängig des politischen Narrativs ist es so, dass heute etwas über 370 Stauseen in ganz Spanien gezählt werden. Es sind kleinere und größere Wasserspeicher, ohne welche die Menschen und die Landwirtschaft heute, salopp gesagt, aufgeschmissen wären. Im Krimi, den Sie soeben gelesen haben, schreibe ich über die Albufera-Lagune, die Duschen am Malvarrosa-Strand und die Trinkwasserversorgung der Stadt. Es wird zwar auch Grundwasser abgepumpt, aber das meiste Wasser hierfür stammt aus den Stauseen im Landesinneren. Zurück zum Buch: Wenn der Pantano de Benagéber das Rückzugsgebiet von Blasco Colóm ist und er als Airón seine Geisel dorthin entführt, so ist es durchaus nachvollziehbar, dass er den Stausee als Quelle des Lebens für Valencia versteht.

Valencianisches Wasser

Lassen Sie mich zum Schluss noch etwas zu dieser Buchtitelalternative anmerken. Denn unter *Agua de Valencia* versteht man hier in der Stadt nicht etwa das Leitungswasser, sondern einen Cocktail bestehend aus Cava, Orangensaft und Hochprozentigem wie Gin oder Wodka. Ich selbst mische noch Cointreau dazu, ergänzt der Orangenlikör aus Frankreich den Geschmack hervorragend. Kühl serviert schmeckt dieser Mixed Drink wunderbar und dient als ideale Begleitung zur Lektüre meiner Alapont-Krimis. Zum Wohl!

Daniel Izquierdo-Hänni
Valencia, November 2024

Weitere Titel finden Sie auf den folgenden Seiten und im Internet:

WWW.GMEINER-VERLAG.DE

Daniel Izquierdo-Hänni im Gmeiner-Verlag:

Ex-Inspector Vicente Alapont ermittelt:

1. Fall: Mörderische Hitze
ISBN 978-3-8392-0287-6

2. Fall: Falsches Spiel in Valencia
ISBN 978-3-8392-0587-7

3. Fall: Gefährliches Wasser
ISBN 978-3-8392-0830-4

GMEINER SPANNUNG

WWW.GMEINER-VERLAG.DE
Wir machen's spannend

Georg Heinzen
Ich schenk dir einen Mord
Kriminalroman
288 Seiten, 12,5 x 20,5 cm,
Klappenbroschur
ISBN 978-3-8392-0786-4

David und Marlene haben sich den Traum vom Leben im Süden erfüllt, haben dem grauen Deutschland
Adieu gesagt und sind ins Licht der Côte d'Azur
gezogen, zwischen Palmen und Strand. David führt
Touristen auf den Spuren von Brigitte Bardot durch
Saint-Tropez, Marlene malt Lavendelfelder in Öl.
Eine prekäre Existenz, das Leben auf der Sonnen-
seite ist teuer, der Traum droht zu scheitern. Da gerät
David auf einer Tour durch den Canyon du Verdon
in ein Unwetter und rettet einem Mann das Leben,
der sich auf ungewöhnliche Weise bedankt ...

GMEINER SPANNUNG

WWW.GMEINER-VERLAG.DE
Wir machen's spannend